Lynda Chance

Unverschämt reizv ll

amazon crossing

Das Buch

John Garrett ist ein zynischer Multimillionär, der fast immer bekommt, was er will – bis zu dem Tag, an dem er Sarah McAlister begegnet. Sarah ist in der Vergangenheit sehr verletzt worden, und alles an dem nicht gerade feinfühlig wirkenden Großgrundbesitzer versetzt sie in höchste Alarmbereitschaft. Sie versucht mit allen Mitteln, ihn zu meiden, doch die Hartnäckigkeit, mit der er ihren Weg immer wieder kreuzt, macht es praktisch unmöglich, ihm zu widerstehen.

Johns anfänglich rein sexuelles Interesse stößt Sarah zunächst ab, doch der attraktive Mann bringt sie dazu, ihre Verlobung mit einem erfolgreichen, aber langweiligen Anwalt zu lösen und sich in eine leidenschaftliche Affäre zu stürzen. Im Verlauf des Sommers entwickelt sich daraus eine Romanze, und Gefühle kommen ins Spiel, die zunächst keiner dem anderen gegenüber eingesteht. Das Ende der Sommerferien naht, und Sarah stellt sich darauf ein, nach Dallas zurückzukehren, wo sie den Rest des Jahres als Lehrerin arbeiten wird.

Die Autorin

Die *USA-Today*-Bestsellerautorin Lynda Chance begann mit dem Schreiben, nachdem sich ihre Suche nach einem ihren Ansprüchen genügenden Romanhelden als erfolglos erwiesen hatte. Da beschloss sie einfach, sich schreibenderweise ihren eigenen zu erschaffen. Seit ihrem ersten Buch gibt es für sie kein Halten mehr. Im Lauf der Zeit hat ihre schriftstellerische Tätigkeit zugenommen: Lynda schreibt Zeitgenössisches, Historisches, Erwachsenenromane und Romane für junge Erwachsene, Novellen und Kurzgeschichten, die alle ein gemeinsames Thema haben: einen waschechten Platzhirsch, der vor Lust und Liebe auf die Knie sinkt, wenn er endlich seiner Heldin begegnet. Der Held in einer Geschichte von Lynda Chance betrügt garantiert nie.

Lynda lebt in einem kleinen Häuschen mit fragwürdigen Rohrleitungen und herrlicher Aussicht in einer Bucht in Galveston County, Texas, zusammen mit ihrem seit siebenundzwanzig Jahren angetrauten Ehemann. Sie haben zwei erwachsene Kinder, die in Dallas wohnen.

Lynda Chance

Unverschämt reizvoll

Roman

Übersetzt von Katja Rudnik

amazon crossing

Die Originalausgabe erschien unter dem Titel »Sarah's Surrender« bei Lynda Chance Books.

Deutsche Erstveröffentlichung bei
AmazonCrossing, Luxembourg, Mai 2014

Umschlaggestaltung: bürosüd° München, www.buerosued.de
Lektorat: Miriam Shahd
Satz: infidia Textservice und Lektorat, Würzburg

Printed in Germany
by Amazon Distribution GmbH, Leipzig

ISBN 978-1-477-822463
www.amazon.com/crossing

Erstes Kapitel

John Garrett stopfte sein Scheckheft in die Gesäßtasche seiner Jeans, drehte sich um und verließ die Schulverwaltung. Er schwor bei Gott, dass der Nächste, der ihn um Geld bitten würde, die volle Wucht seiner Wut und Verärgerung zu spüren bekäme.

Glaubten die ehrenwerten Bürger von Duluth, Texas, er würde seinen Reichtum nicht mit anderen teilen? Dachten sie, er behielte seine Millionen für sich allein und unterstützte nicht mal die allerkleinste Wohlfahrtsorganisation? Er war großzügig, und zwar ziemlich großzügig.

Offenbar war das aber nicht genug, und die Gemeinde kam immer wieder mit neuen und besseren Vorschlägen, wie man sein Geld ausgeben könnte. Allein in diesem Monat hatte er eine neue Cafeteria für die örtliche Baptistengemeinde bezahlt, in deren Kirche er noch nie einen Fuß gesetzt hatte – und auch nicht vorhatte, dies je zu tun. Er hatte einen neuen Flügel mit Einbettzimmern für die Poliklinik finanziert, durch den das Niveau der stationären Pflege dem eines kleinen Krankenhauses gleichkam. Und gerade heute Morgen hatte er einen Scheck ausgestellt, mit einer Summe, die hoch genug war, um jeden Schüler im Schulbezirk mit dem neusten iPad auszustatten.

Er musste unbedingt und ziemlich schnell eine Stiftung für die Menschen dieses Bezirks gründen und jemand Kompetenten einstellen, der sie verwaltete, damit er seine Ruhe hatte und sich sein Kontakt mit diesen Leuten auf ein Minimum beschränkte.

Er gestand sich voll und ganz ein, dass er unsozial war und Menschen einfach nicht mochte. Mit großen Menschenansammlungen und Smalltalk jeglicher Art konnte man ihn jagen.

Am liebsten blieb er für sich. Seine Haushälterin kaufte ein und er erledigte seine Bankgeschäfte online. Er war ein Einzelgänger und fand das völlig in Ordnung.

Es gab nur einen einzigen Grund, weshalb er Gesellschaft suchte. Und das war Sex. Ohne seinen ungezügelten Sexualtrieb hätte er die Ranch wahrscheinlich niemals verlassen.

Er hatte schon immer eine ausgeprägte Libido gehabt. Wie ärgerlich, dass es jedes Mal, wenn er sich in der Stadt blicken ließ, irgendjemanden gab, der hinter seinem Geld her war. Das Problem war, dass er schon sein ganzes Leben hier verbracht und sein zunehmender Erfolg sich überall herumgesprochen hatte. Jeder kannte ihn vom Sehen oder aufgrund seines Rufes. Er ging mit großen Schritten quer über den Parkplatz der Schule und öffnete die Tür seines Pick-ups. Auf dem Weg von der Schule in Richtung Stadt drehten sich seine Gedanken darum, wie er am schnellsten eine Stiftung gründen konnte. Er hatte wirklich nichts dagegen, sein Geld mit anderen zu teilen, doch der Umgang mit den Leuten und die unzähligen Details machten ihn verrückt. Er wollte damit nichts mehr zu tun haben. Doch je öfter er für die eine oder andere Sache spendete – meistens nur, um eine dieser Nervensägen loszuwerden –, desto mehr verbreitete sich, dass er der Mann für alle Fälle war.

Seine Gedanken konzentrierten sich auf dieses Problem, als er in eine der beiden Tankstellen des Örtchens Duluth einbog und den Wagen neben die Diesel-Zapfsäule rollen ließ. Er kletterte heraus, steckte seine Kreditkarte in den Schlitz und ließ Diesel in einen der beiden Tanks laufen, über die der Wagen verfügte.

Ein Auto hielt auf der anderen Seite der Zapfsäule und eine Frau stieg aus. Sie war mittelgroß und von mittlerer Statur, doch das war alles, was er registrierte, denn die Zapfsäule stand zwischen ihnen. Er nahm keine Notiz von der Limousine älteren Baujahrs und vermutete, dass ihre Fahrerin nur auf der Durchreise und keine Ortsansässige war.

Ein Klicken an der Zapfpistole zeigte an, dass der erste Tank voll war. Er steckte sie in die Öffnung des zweiten Tanks und ließ den kleinen Hebel einrasten, um den Tankvorgang automatisch fortzusetzen, während er in den Kiosk ging, um eine Flasche Wasser zu kaufen.

Er schraubte den Deckel ab, trank die Hälfte der Flasche leer und ging zurück zu seinem Wagen.

Dabei musste er an der Frau an der Zapfsäule vorbei, und es war offensichtlich, dass sie ein Problem hatte. Innerlich über unfähige Leute und insbesondere Frauen fluchend, blieb er hinter ihr stehen und zwang sich, ihre Rückseite anzusprechen. »Brauchen Sie Hilfe?« Seine Stimme klang wegen des seltenen Gebrauchs eingerostet und kurz angebunden, also alles andere als hilfsbereit, wie er selbst feststellte.

****

Sarah McAlister drückte zum wiederholten Male den Hebel der Zapfpistole, damit das allbekannte Klicken den Beginn des Tankvorgangs anzeigte.

Nichts zu machen.

Sarah biss sich in die Innenseite der Wange, steckte die Kreditkarte zurück in ihre Gesäßtasche und wusste, dass sie sich nun auf den beschämenden Weg in den Tankstellenkiosk machen musste, um dort zu gestehen, dass sie unfähig war, die Zapfpistole zu betätigen. Fast hätte sie laut aufgestöhnt. Sie *hasste* es, zu blöd zum Tanken zu sein. Jede Tankstelle war anders, jede Zapfpistole hatte ihren eigenen Kopf. Es konnte doch nicht angehen, dass sie in der Lage war, ein Klassenzimmer voller unbändiger Teenager in den Griff zu bekommen, während sie gleichzeitig eine quadratische Gleichung zerlegte, und an einer simplen Tankstelle kläglich versagte!

Gerade wollte sie den Hahn zurück in die Zapfsäule hängen, als sie diese tiefe, fast angewidert klingende Stimme hinter sich vernahm. Was wäre schlimmer? In den Laden zu gehen, sich die missmutigen Anweisungen des Verkäufers anzuhören, dann zurückzukommen und vielleicht erneut zu scheitern, oder die Hilfe dieses Mannes anzunehmen, dessen tiefe Stimme ihr vermittelte, dass sie nicht mehr war als ein Volltrottel?

Mit diesen Wahlmöglichkeiten im Hinterkopf vollführte sie graziös eine halbe Drehung zu dem Mann hin, der zugegebenermaßen bereits wegen seines Tonfalls komplett unten durch war. Nun stand er direkt vor ihr, und ihr Blick landete auf seiner Brust, von wo aus er langsam hinauf zu seinem Gesicht wanderte. Es gelang ihr kaum, das aus ihrer Kehle dringende Keuchen zu unterdrücken.

Welche Schande, dass jemand, der so aussah, solch ein Benehmen an den Tag legen musste, war ihr erster Gedanke. Aber waren sie nicht alle so? Dachten nicht alle Männer in der Kategorie dieses Typen, dass sie Gottes Geschenk an die Frauen waren? Und waren sie nicht alle so verdammt verwöhnt, dass sie glaubten, sie könnten so rüpelhaft durchs Leben gehen, wie es ihnen passte, und bräuchten im Hinblick auf grundlegende Formen der Höflichkeit nicht die geringste Anstrengung zu unternehmen? Aber vielleicht glaubte er ja, dass er schon allein durch das bloße Anbieten seiner Hilfe seine Pflicht und Schuldigkeit getan hatte.

Richtig. Es sah nicht so aus, als schlummerte irgendwo in diesem Körper auch nur ein Fünkchen Freundlichkeit. In diesem unbeschreiblich heißen Körper! Dieser Typ sah großartig aus, keine Frage. Es gab auch keinen Zweifel daran, dass er das wusste. Sie spürte, wie ihre Abneigung wuchs und sich ihre Muskeln anspannten, als sie ihn ein paar Sekunden lang genauer betrachtete. Er war groß mit breiten Schultern, die ihn aufgrund ihrer starren Haltung noch unfreundlicher erscheinen ließen als sein Tonfall ohnehin schon. Sein Körper war schlank und muskulös und von einer robusten Kompaktheit, die überdeutlich Stärke und Leistungsfähigkeit signalisierte. Er verströmte ein Selbstbewusstsein, das in arroganten Wellen von ihm ausging.

Sarahs Atem stockte erneut, als sie in seine Augen blickte. Das Dunkelbraun seiner Augen war so intensiv, dass es fast schwarz wirkte, und es war ihr derart peinlich, ihn direkt anzusehen, dass sich ihr Blick schnell wieder von seinem löste, um den Rest seines Gesichts zu erkunden. Er hatte ein markantes Kinn und rechts und links vom Mund zwei Grübchen. Die seine Gesichtszüge hervorhebende Sonnenbräune verstärkte den dunklen Typ. Zwischen den Augen auf seiner Stirn sah sie eine v-förmige Zornesfalte, die scheinbar dauerhaft in seine Haut gemeißelt war. Das war die einzige Unvollkommenheit in seinem ansonsten wirklich attraktiven Gesicht und verstärkte die ihm innewohnende Männlichkeit noch. Seine Haare waren kurz geschnitten und braun, doch die Sonne hatte sie ausgeblichen, sodass sie fast wirkten, als hätte ein Hairstylist Strähnchen hineingefärbt. Allerdings war ihr klar, dass das nicht sein konnte.

Dieser Mann war garantiert noch nie zu einem Hairstylisten gegangen. Sie war sich sicher, dass er in Bezug auf einen professionellen Haarschnitt nie über einen Zehndollarschnitt beim Friseur um die Ecke hinausgekommen war.

Seine Haut spannte sich straff über hohen Wangenknochen, über denen die dunklen Augen funkelten. Er hatte ein extrem schönes Gesicht, in dem jedoch nichts Feinfühliges zu erkennen war. Diesen Mann hatte Gott zweifellos vor Augen gehabt, als er »den Mann« zu erschaffen gedachte.

Obwohl das Gesicht des Fremden gut aussehend war, war es nicht hübsch im weiblichen Sinne. Es war nichts Feminines darin, und für einen Moment stellte sie sich vor, wie er wohl als Junge ausgesehen hatte. Er war wahrscheinlich ein richtiger Junge gewesen, vielleicht ein wenig unscheinbar und ohne jegliche Spur von Niedlichkeit. Die Art von Junge, über den ihre Großmutter gesagt hätte: »So muss ein Junge aussehen, ein richtiger Junge. Nicht hübsch wie ein Mädchen.« Und genauso sah ein solcher Junge aus, wenn er zu einem Mann herangewachsen war. Ein Mann vom Scheitel bis zur Sohle. Pure Männlichkeit ohne jegliche Anzeichen von etwas, das die rauen Kanten glätten würde.

All das ging ihr in einem einzigen verschwommenen Gedanken durch den Kopf, als er auf sie herabsah. Sein Gesichtsausdruck sagte alles. Sie fühlte sich wie ein Insekt, das er am liebsten zerquetscht hätte, damit es ihn nicht mehr belästigte. Er lächelte nicht, er spendete keinen Trost in Form einfacher Höflichkeit oder gar Geduld. Seine steife Körperhaltung erweckte den Eindruck, er sei aus Granit. Die wenigen Worte, die er gesprochen hatte, waren schroff und unnachgiebig gewesen und das hartherzige Funkeln in seinen Augen so unerbittlich und voller Sturheit und Emotionslosigkeit, dass ihr ein kalter Schauer über den Rücken lief.

Sie erstarrte und wusste ohne jeden Zweifel, dass sie seine Hilfe nicht wollte. Lieber verließ sie die Tankstelle, ohne zu tanken, und lief Gefahr, dass ihr das Benzin ausging, als sich von ihm helfen zu lassen. Sie wollte keine Sekunde länger als unbedingt nötig in seiner Nähe sein. Sie schluckte schwer und trat einen Schritt zur Seite, als sie seine Frage genauso kurz beantwortete, wie er sie gestellt hatte: »Nein danke.«

Mit einer plötzlichen und geschmeidigen Bewegung schob er sich vor sie. Sie konnte nicht fassen, dass er das getan hatte. Leichte Panik stieg in ihr auf, als sie ihn ansah.

»Lady, Sie brauchen Hilfe, oder?« Jetzt war seine Stimme etwas gemäßigt, und sie hatte das ungute Gefühl, er könne in sie hineinsehen und erkennen, dass ihre Nerven wegen ihm blank lagen, und er deshalb versuchte, das wieder in Ordnung zu bringen.

Um von ihm wegzukommen, musste sie schnell antworten, doch sie war von Natur aus keine unhöfliche Person und mochte keine Konfrontation. Sie wollte das hier nur hinter sich bringen, tanken und weiterfahren. »Ja, aber Sie sind offensichtlich in Eile und ich möchte Sie nicht belästigen.«

»Kein Problem, meine Liebe.« Er sprach jetzt eine Oktave tiefer, und als er die Wasserflasche durch sein Autofenster ins Innere warf und auf ihren Wagen zuging, entging Sarah die fast unmerkliche Veränderung seines Verhaltens nicht. Dass er sie mit sanfterer Stimme »meine Liebe« genannt hatte und dass die Ungeduld, die zuerst von ihm ausgegangen war, verschwunden war, konnte nur eine von zwei Ursachen haben. Entweder war ihm sein rüdes Auftreten bewusst geworden und er war nun zerknirscht – oder er hatte sie genauer angesehen und ihm gefiel, was er sah.

Sie hätte ihr letztes Hemd verwettet, dass es Letzteres war. Oh ja, der vor ihr stehende Mann konnte Frauen um den Finger wickeln, wenn er wollte. Und wenn er nicht wollte? Dann war sein Motto wahrscheinlich: »Ihr könnt mich alle am Arsch lecken«.

Doch in diesem Augenblick sah er auf sie herab, als wäre Benzin nicht das Einzige, was er nachfüllen wollte.

Mistkerl. Aber sie hatte auf jeden Fall sein Autokennzeichen.

Sie wusste sehr wohl, wie sie aussah. Ihrer Meinung nach ganz okay, aber eine Vollblutschönheit war sie auf keinen Fall, obwohl sie nie einen Mangel an Verehrern oder Verabredungen zu beklagen gehabt hatte. Sie befanden sich jedoch an einer verlassenen Tankstelle in einem kleinen Ort inmitten einer Gegend, in der alleinstehende Frauen nicht gerade häufig anzutreffen waren. Sie war also keinesfalls der Hit des Tages, sondern wahrscheinlich der einzige Hit im Umkreis von mehreren Meilen. Und ein neuer noch dazu!

Ihr Blick fiel auf seinen Ringfinger. Kein Ehering in Sicht und noch nicht mal ein weißer Streifen, der andeutete, dass dort je ein Ring gesessen hatte. Als er die Zapfpistole in den Tank ihres Wagens hängte und mühelos Benzin einlaufen ließ, gestand sie ihm widerstrebend einen klitzekleinen Pluspunkt zu. Immerhin schien er kein Fremdgeher zu sein, und das mit dem arroganten Arsch nahm sie vorerst zurück.

John lehnte am Wagen der Fremden und füllte den Tank, so langsam er nur konnte, während sein Körper in volle sexuelle Alarmbereitschaft versetzt wurde. Das Blut rauschte mit einer solchen Wucht in seine Leistengegend, dass er sich zusammennehmen musste. Erneut sah er zu ihr hinüber, während sich sein Magen vor purer Begierde zusammenkrampfte.

Er hatte sie noch nie gesehen. Und wenn, dann hätte er sich an den Schlag in die Magengrube erinnert, der ihn durchfuhr, als er in ihre Augen blickte und den ersten Hauch ihres Duftes wahrnahm. Er hätte sich dafür in den Hintern beißen können, dass er vorhin so grantig reagiert hatte. Er war unhöflich gewesen, das wusste er, und jetzt stand sie so weit wie möglich von ihm entfernt und hatte eine Haltung angenommen, aus der deutlich ihre Abneigung hervorging.

Er befand sich in einer misslichen Lage, doch er würde sich nicht den Wind aus den Segeln nehmen lassen.

Es gab nur drei Gedanken, die ihm im Kopf herumschwirrten. Wer zum Teufel war sie, wo wohnte sie und wie schnell konnte er ihr die Kleider vom Leib reißen und sie in die Horizontale bringen? Die Gefühle, die durch seine Blutbahn jagten, waren ganz natürlich; nicht mehr als eine biologisch-chemische Reaktion auf eine atemberaubende Frau, die seine Lenden reizte und sein Blut schneller pulsieren ließ. Er kannte das Gefühl nur zu gut. Er wollte sie vögeln. Nicht mehr und nicht weniger.

Er verminderte den Druck auf den Hebel der Zapfpistole, damit das Benzin noch langsamer floss, und drehte sich zu ihr um. »Woher kommen Sie?«

Als sie ihre Lippen mit der Zunge befeuchtete, fühlte er erneut, wie ein Schauer der Begierde ihn durchlief. »Top Hill.« Ihre Stimme klang sanft, als sie den Namen eines Städtchens ungefähr dreißig Meilen nordwestlich nannte. Er hatte ihr texanisches Autokennzeichen bemerkt, fühlte jetzt jedoch große Erleichterung, dass sie offenbar in erreichbarer Nähe wohnte und nicht fünfhundert Meilen entfernt.

Er würde *definitiv* mit ihr schlafen. Das stand felsenfest. Nur ein einziger Grund würde ihn davon abhalten: wenn sie einen Ehemann hätte. Unbändiger Zorn loderte bei dem Gedanken daran in ihm auf, und mit Bestürzung wurde ihm bewusst, wie schnell und heftig er auf diese Frau reagierte. Doch er gab nicht auf und konzentrierte sich wieder voll auf sie.

Sie sah ihn nicht an, und er merkte, wie Frustration in ihm hochstieg. Er konnte nichts an ihr ausmachen, das seinen Jagdtrieb aktiviert hätte, doch dass sie das tat, stand außer Frage. Sie war nur mittelgroß, von mittlerer Statur, hatte Titten mittlerer Größe und dasselbe galt für ihr Gesicht. Mittelmäßig.

Doch all diese Mittelmäßigkeit zusammengenommen ergab eine Frau, die so sexy war, wie er schon seit Ewigkeiten keine mehr getroffen hatte. Ihre Vorderzähne standen auf denkbar verführerischste Weise leicht vor, und ihre Lippen waren so voll, dass seine Gedanken nur darum kreisten, wie dieser heiße Mund und diese weißen kleinen Zähne sich öffnen würden, um seinen Schwanz zu empfangen.

»Sind Sie verheiratet?« Er hörte den rauen Ton in seiner Stimme, als er auf den Punkt kam und eine Antwort auf die Frage verlangte, die für ihn an erster Stelle stand.

Er sah, wie ihr Puls am Hals pochte, während sie tief Luft holte und einen weiteren Schritt von ihm zurückwich, weil sie seine unverfrorene Frage offensichtlich schockiert hatte. Sie schüttelte schnell den Kopf, als sie ihm nur für den Bruchteil einer Sekunde in die Augen sah, bevor ihr Blick auf die sich langsam bewegenden Zahlen der Digitalanzeige der Zapfsäule fiel. »Wieso dauert das so lang?«

»Keine Ahnung. Sagen Sie's mir«, antwortete er mit einem leicht herausfordernden Unterton, den er sich nicht verkneifen konnte.

Er registrierte den Schreck, der sich wegen seines fordernden Blickes und seines gezielten Interesses auf ihrem Gesicht ausbreitete, doch sie schwieg und blieb unbeholfen am Heck ihres Wagens stehen.

»Wie heißen Sie?« Er ließ nicht locker. Wenigstens diese Information wollte er aus ihr herauskriegen, bevor ihr Tankstellenbesuch beendet war und sie davonfuhr. Ihr Autokennzeichen hatte er sich bereits gemerkt, und das Sheriff's Department war ihm zweifellos mehr als einen Gefallen schuldig, um an Einzelheiten über sie heranzukommen. Doch er wollte, dass sie sie ihm aus freien Stücken überließ.

»Sarah.« Sie antwortete schnell und ohne weitere Angaben.

Es ärgerte ihn, dass sie sich alles aus der Nase ziehen ließ. »Und weiter?«, fragte er ebenso kurz angebunden.

»Warum wollen Sie das wissen?«, fragte sie so skeptisch, dass John die Zähne zusammenbiss. Seit wann musste er den Namen einer Frau aus ihr herauskitzeln?

»Ich bin nur freundlich, Sarah.«

»Ich bin dankbar, dass Sie mir helfen, aber Sie müssen entschuldigen, Sie sind ein Fremder und …«

Er unterbrach sie. »Wir müssen uns nicht fremd sein. Schon mal davon gehört, dass man sich kennenlernen kann?«

»Darin sehe ich keinen Sinn.«

John hing die Zapfpistole zurück in die Tanksäule und schraubte den Deckel auf den Tank. Er griff nach dem Beleg, den der Automat ausspuckte, und steckte ihn in seine Tasche. Während er ein Papiertuch aus der Spenderbox zog und sich die Hände abwischte, blieb er zwischen ihr und ihrem Wagen stehen, um sie am Wegfahren zu hindern.

Er schmiss das Papiertuch in den Müllbehälter und ging ein paar Schritte direkt auf sie zu. In Gegenwart von Frauen war er noch nie schüchtern gewesen. Er hatte sich immer genommen, was ihm gefiel, und jetzt wollte er sie.

Jeglichen Diskretionsabstand außer Acht lassend, streckte er die Hand aus und hob mit einem Finger ihr Kinn an. »Darin liegt aber ein Sinn. Wie ist Ihr Nachname, Sarah?«

Sie drehte den Kopf weg und stellte eine Gegenforderung. »Geben Sie mir meinen Beleg.« Mit der Fläche nach oben streckte sie die Hand aus und wartete darauf, dass er ihr den Zettel gab.

»Das ist nicht Ihr Beleg. Wie ist Ihr Nachname?« Er ergriff ihre ausgestreckte Hand und studierte ihre gerötete Handfläche mit einem Stirnrunzeln.

»Was meinen Sie damit? Ich möchte den Beleg haben.« Sie versuchte, ihm ihre Hand zu entziehen, doch er hielt sie fest.

»Es ist mein Beleg. Meine Bankkarte, mein Beleg. Wie ist Ihr Nachname?« Seine Augen wanderten zurück zu ihrem Gesicht mit dem ungläubigen Ausdruck, bevor sein Blick auf ihre Brust fiel, die sich vor Aufregung hob und senkte.

Sarah war entsetzt. Hatte er sie dermaßen durcheinandergebracht, dass sie noch nicht einmal bemerkt hatte, dass er seine eigene Karte benutzte? Und warum zum Teufel sollte er für sie bezahlen? Das war verrückt. »Sie können nicht mein Benzin bezahlen!«

John sah sie unverwandt an. »Hab's einfach gemacht, Süße«, stellte er klar und bohrte weiter. »Wie ist Ihr Nachname?« Er wollte das hier nicht auf sich beruhen lassen. Ihm war bewusst, dass er einem Hund ähnelte, der den Knochen einfach nicht losließ, doch er wollte ihren Nachnamen wissen und würde ihn verdammt noch einmal bekommen.

»Sie sind verrückt. Das war Benzin für über fünfzig Dollar.« Verärgerung, aber auch Erstaunen schwangen in ihrer Stimme.

»Sieht ganz so aus«, stimmte er zu. »Wie ist Ihr Nachname?«

Seine Forderung stieß weiterhin auf Schweigen und eine Spur von Gereiztheit brachte sein Blut in Wallung. Er wollte sie unbedingt, und ihre Weigerung, ihm zu geben, was er verlangte, stachelte sein Interesse nur noch mehr an.

Als er ihren abweisenden Gesichtsausdruck sah und ihm klar wurde, dass er die Mauer, die sie um sich errichtet hatte, nicht durchdringen konnte, zog sich jede Faser in ihm vor Frustration zusammen. Sie musste ihm einfach geben, was er verlangte. Das taten sie doch alle. Zwar mochte sie im Moment zögerlich erscheinen, doch wenn sie erst einmal herausgefunden hatte, wie dick seine Brieftasche war, würde sie schon eine andere Tonart anschlagen.

Immer noch hielt er ihre Hand in seiner, während er mit den Fingern über ihr Gesicht strich und die seidige Glätte ihrer Wangen spürte. Sie erstarrte und hätte sich zweifellos wieder von ihm losgerissen, wenn nicht der Schock über die Tatsache, dass er ihr Benzin bezahlt hatte, ihm ein paar zusätzliche Minuten gab, bevor sie sich davonmachen würde.

Er konnte die Sache eigentlich zum Abschluss bringen, indem er ihr sagte, wer er war, denn jeder in einem Umkreis von fünf Countys kannte seinen Namen. Er wollte nur eines von ihr, und je schneller er es bekam, desto besser. Warum zum Teufel sollte es ihn stören, wenn sie nur mit ihm ins Bett ging, weil er unverschämt reich war? Doch irgendwie zögerte er, ihr das mitzuteilen. Die Herausforderung, die sie darstellte, schürte die ihm innewohnende Angriffslust. Und eine zusätzliche Erregtheit verleitete ihn dazu, weiterhin mit ihr zu spielen.

Er startete einen neuen Versuch, ohne seine Identität preiszugeben. »Wahrscheinlich haben Sie recht, mir das nicht zu sagen. Ich könnte ein Vergewaltiger oder Mörder sein. Gut gemacht, Schätzchen. Und wie geht's jetzt weiter?«

Ihr Atem stockte und sie schüttelte den Kopf. Ihre Weigerung irritierte ihn, doch er versuchte weiterhin, sie zu umwerben. »Leute treffen sich überall, Sarah.« Er nannte sie absichtlich beim Namen, um Vertrautheit zwischen ihnen zu schaffen. »Sie sind nicht verheiratet, ich bin nicht verheiratet. Wir haben uns an einer Tankstelle kennengelernt. Wie soll ich Sie wiedersehen, wenn Sie mich jetzt hier einfach stehen lassen?«

Sarah war völlig sprachlos. So etwas war ihr noch nie im Leben passiert. In der Schule hatten gerade die fast dreimonatigen Sommerferien begonnen. Sie war den ganzen Weg von Dallas hierhergefahren, und alles, was sie wollte, war, zu ihrem Farmhaus zu gelangen, sich ins Bett zu legen und gut zu schlafen, bevor sie die Sache, wegen der sie hier war, in Angriff nahm.

Doch dieser Mann stand ihr im Weg.

Männern dieser Art war sie schon begegnet. Sie war sogar mit einem verheiratet gewesen, als sie jünger war. Nie wieder würde sie so blöd sein, sich mit einem solchen Typen einzulassen. Nein. Ihr Leben war komplett durchgeplant. Sie hatte einen netten Mann in Dallas, der sie gernhatte und wie eine Prinzessin behandelte. Es gab keinen Grund, für Unruhe zu sorgen. Ein Typ wie dieser hier stand völlig außer Frage.

Nicht, dass er etwa vorgehabt hätte, eine Beziehung mit ihr anzufangen. Sie war nicht komplett bescheuert. Oder gar naiv. Was er wollte, erkannte sie am Flimmern in seinen Augen und der Art, wie er ihr auf die Pelle rückte.

Bewegungslos vor ihm stehend, mit rasenden Gedanken im Kopf, nahm sie flüchtig wahr, dass ein Auto in die Tankstelle einbog. Aus dem Augenwinkel heraus sah sie, dass es sich um den Streifenwagen des Sheriffs handelte. Das beunruhigte den

Mann vor ihr überhaupt nicht. Sie wusste, dass er das Auto bemerkt hatte, denn für den Bruchteil einer Sekunde hatte er den Blick von ihr abgewendet und hinübergesehen. Doch er erstarrte nicht, zuckte nicht zusammen und ließ nicht erkennen, dass er in irgendeiner Weise etwas Unrechtes oder Ungewöhnliches tat.

Vielleicht war er tatsächlich kein Vergewaltiger.

Er war nur ein Schürzenjäger.

Und er versuchte, *sie* zu jagen.

Der Polizeibeamte stieg aus dem Wagen und fragte beiläufig: »Wie geht's, John?«

Der Mann mit Namen John, der ihre Hand hielt, ließ sie nicht aus den Augen, als er antwortete: »Gut, Sam.«

Der Dialog zwischen ihnen war einfach. Ungezwungen und ohne Umschweife. Doch Sarah verriet er einiges. Obwohl der Mann, der ihre Aufmerksamkeit fesselte, schäbige Jeans und abgewetzte Stiefel trug, stand er auf Du und Du mit dem örtlichen Sheriff. Und er hieß John.

Das gab ihr das dringend benötigte Gefühl von Sicherheit, und jetzt wollte sie nur noch von ihm wegkommen, so schnell sie konnte. »Sarah McAlister.« Sie beantwortete die von ihm gestellte Frage in einem Versuch, ihn zufriedenzustellen und sich somit davonmachen zu können.

Langsam breitete sich ein Lächeln um seinen Mund aus, als er ihre Antwort hörte, doch anstatt sie gehen zu lassen, schien sie gerade das Gegenteil erreicht zu haben. Er spreizte die Hand, mit der er ihre festhielt, und verschränkte seine Finger mit ihren, wodurch sich sein Griff noch verstärkte. »Das war doch gar nicht schwer, oder?«

Seine raue, schwielige Handfläche berührte ihre, und die tiefen Schwingungen seiner gedehnt gesprochenen Worte verursachten ein kurzes Wärmegefühl in ihrem Bauch. Sie tat es jedoch schnell als eine durchaus menschliche Reaktion ab, denn er war zweifellos der heißeste Mann, dem sie je in ihrem Leben so nahe gekommen war.

Doch das bedeutete keinesfalls, dass sie etwas in der Richtung unternehmen wollte oder dass es Gründe gab, dies weiter voranzutreiben. Sie versuchte, ihm ihre Hand zu entziehen. »Hören Sie. Lassen Sie mich mein Portemonnaie holen und dann gebe ich Ihnen Bargeld für das Benzin.«

»Nein.«

»Das ist nicht okay. Ich kenne Sie nicht und …«

»Das lässt sich ganz schnell in Ordnung bringen. Wir gehen einfach da rüber und trinken einen Kaffee.« Während seine gedehnte Sprechweise mit betontem Südstaatenakzent, der so sehr an Matthew McConaughey erinnerte, erneut ein warmes Gefühl in ihrem Bauch erzeugte, verwies er mit einem fast unmerklichen Kopfnicken auf ein Diner auf der anderen Straßenseite.

Sie würde auf keinen Fall mit einem fremden Mann einen Kaffee trinken gehen. »Nein, ich kann nicht, ich …«

»Natürlich können Sie. Was ist so wichtig, dass Sie keine zehn Minuten für mich erübrigen können?« Er stellte diese Frage mit barscher Stimme, die in völligem Gegensatz dazu stand, dass er mit seinem Daumen ihren Handrücken streichelte.

Sarah holte tief Luft und sprach die Worte, die diesem kleinen Intermezzo rechtzeitig ein Ende setzen würden. »Ich bin verlobt.«

Zweites Kapitel

Fünf Tage lang versuchte John, sie aus seinem Kopf zu bekommen. Fünf Tage lang baute er Zäune, füllte die Futtervorrichtungen, hob Gräben für die Bewässerung aus und verdrängte Sarah aus seinen Gedanken. Das alles war kräftezehrende, schweißtreibende, harte Arbeit. Und fünf Tage lang wälzte er sich im Bett hin und her, versuchte in den Schlaf zu finden, nur um mit einem Schwall Schimpfwörtern auf den Lippen aufzugeben, bevor seine Hand zu seinem steifen Schwanz hinunterglitt und er sich auf die einzige ihm mögliche Weise Erleichterung verschaffte. Erleichterung von ihr, Erleichterung von einem fünfminütigen zufälligen Zusammentreffen, das ihn jenseits jeglicher Vernunft beschäftigte.

Er hatte während des Tages eine beträchtliche Menge an Arbeit geschafft und sogar eine Anzeige aufgegeben, in der er einen Stiftungsmanager suchte. Doch abgesehen davon fühlte er sich, als befände sich sein Leben in einer Warteschleife und stagnierte wie noch nie zuvor.

Sogar als seine lügende, betrügende Schlampe von Ehefrau mit einem Schuss Wodka zu viel eine Schmerztablette zu viel geschluckt und sich umgebracht hatte, indem sie ihr Auto mit hundertzwanzig Sachen um einen Telefonmasten gewickelt hatte, hatte er nicht dermaßen neben sich gestanden.

Er saß bei Sonnenuntergang mit einem Bier in seinem Arbeitszimmer und wusste, dass er über das, was Sarah McAlister mit ihm gemacht hatte, hinwegkommen musste. Es war vorbei und Vergangenheit. Er hätte leicht herausfinden können, wo sie lebte, doch er war kein Stalker und würde nichts in der Richtung unternehmen. Doch es zerfraß ihn förmlich. Es zerfraß ihn innerlich, dass er es verdammt einfach herausfinden könnte.

Was er brauchte, war einfach eine andere Frau, die ihn von Sarahs seidigem Haar und ihren atemberaubenden, geilen Lippen ablenkte.

Er konnte sie nicht haben, aber er konnte ganz sicher eine andere Frau haben, deren Mund seinen Schwanz umschließen würde. Das war alles, was er brauchte.

Heute Abend. Er würde heute Abend eine finden.

Bedauerlicherweise tröstete ihn der Gedanke ganz und gar nicht.

****

Sarah beendete das Gespräch und schrieb schnell etwas in ihr Hello-Kitty-Notizbuch. Phillip Johnson Garrett. Es war das dritte Mal, dass ihr jemand diesen Namen genannt hatte. Offenbar war er der Mann, der nicht nur über Geld verfügte, sondern außerdem ein ausgeprägter Menschenfreund war.

Warum um alles in der Welt machte sie sich so viele Gedanken darum? Warum war es ihr ein solches Anliegen, dass die kleine Schule im Örtchen Top Hill geöffnet blieb und Zulauf hatte? Sicher, sie war Lehrerin und hatte das tief sitzende Bedürfnis, allen Kindern die bestmögliche Schulbildung angedeihen zu lassen.

Doch es war mehr als das. Sie liebte den Ort und die von ihren Großeltern geerbten achtzig Hektar von ganzem Herzen. An einem Stück hatte sie hier nie gelebt, sondern war in Dallas bei ihren Eltern aufgewachsen und sogar dort geblieben, als sie sich scheiden ließen, ihre Mutter mit einem neuen Mann nach Australien zog und ihr Vater sich deshalb früh zu Tode trank.

Sie hatte jedoch jeden Sommer ihres Lebens hier verbracht. Hatte jeden Zentimeter der Weiden erforscht und war mit dem Fahrrad das terrassenförmige Gelände unzählige Male hinauf- und hinabgefahren. Sie hatte Wildblumen gepflückt und mit ihrer Großmutter gebuttert, während sie deren Geschichten gelauscht hatte. Sie fühlte sich so stark mit dem kleinen Stück Land verbunden, das sie als ihre wahre Heimat betrachtete.

Als sie heranwuchs, war sie ein schüchterner Teenager gewesen, doch echter Schneid und Entschlossenheit ließen sie allein mit dem alten Wagen ihrer Großeltern in die Stadt fahren und Freunde finden.

Sie war allein in das kleine Schwimmbad des Ortes gegangen, und die wenigen Kinder dort waren neugierig genug auf sie gewesen, um ein Gespräch zu beginnen. Einige der Kinder hatten jedoch Angst vor ihr, nur weil sie aus einer großen Stadt kam. Besonders ein Mädchen war zu einer richtig guten Freundin geworden. Jaime war ein Jahr älter als Sarah, und dieses Gefühl von Überlegenheit musste ausgereicht haben, damit sie Sarah gegenüber auftaute.

Die beiden Mädchen hatten die Sommer zusammen verbracht, waren durch den kleinen Ort gestreift, die Hauptstraße immer hoch und runter, und hatten bei jeder Gelegenheit mit Jungs geflirtet. Auch während des Jahres blieben sie in Kontakt, und seit einiger Zeit hatten Handy-Freiminuten und soziale Netzwerke die zwischen ihnen liegenden Meilen gewissermaßen verschwinden lassen.

Sarah hatte keine Geschwister und keine Cousins oder Cousinen ersten Grades. Ihr Vater und ihre Großeltern waren tot. Ihre Mutter liebte sie und sie hatten eine enge Beziehung, doch Sarah war inzwischen alt und erfahren genug, um zu wissen, dass die ältere Frau in Australien mit ihrem neuen Ehemann ein unbezahlbares Glück gefunden hatte, und sie nahm es ihr wirklich nicht übel, weggezogen zu sein.

Jetzt besaß Sarah die kleine Farm, und wenn es möglich wäre, hier genug Geld zu verdienen, um für immer zu bleiben, dann würde sie die Gelegenheit ergreifen, diesen Ort zu ihrem Zuhause zu machen. Bisher hatte sich noch nichts ergeben, und so kehrte sie jedes Schuljahr nach Dallas und zu ihrer Lehrerstelle zurück. Mit ihrem Gehalt konnte sie ihre Eigentumswohnung sowie die Steuern und Nebenkosten für die Farm finanzieren.

In dieser Gemeinde gab es einfach nicht genug Arbeitsmöglichkeiten, damit sie dauerhaft hier leben konnte.

Und das war das Hauptproblem.

Keine freien Stellen, nicht genug Familien, zu wenig Kinder, um die Schule zu erhalten. Ohne die Schaffung neuer Arbeitsplätze würden die wenigen noch in der Stadt lebenden Familien, die kein Farmland besaßen, letztendlich wegziehen, und somit wäre die Schule noch mehr gefährdet.

Ohne die Schule würde der Ort verkümmern und aussterben.

Sarah war fest entschlossen, das zu verhindern.

Sie hatte sich mit dem Problem befasst, denn das passierte Kleinstädten in ganz Texas. Schuld daran waren die alternde Bevölkerung und besonders die Welle der Babyboomer, die in die Jahre gekommen war.

Ihrer Meinung nach musste die Gemeinde nicht nur ein Altenheim, sondern auch betreutes Wohnen und vielleicht eine Seniorenwohnanlage für noch aktive ältere Mitbürger finanzieren, um Arbeitsplätze für Jüngere zu schaffen und gleichzeitig ältere Menschen in die Stadt zu locken, die dann in den angebotenen Einrichtungen wohnen und Geld in die Kassen spülen würden.

Davon würden die Stadt, die Schule und auch die ältere Bevölkerung profitieren. Es handelte sich um keine neue Idee, und das County hatte seinerzeit genau zu diesem Zweck eine

Abstimmung durchgeführt. Diese war aber fehlgeschlagen, weil die Investitionen über eine öffentliche Schuldverschreibung erfolgt wären, die wiederum zu einem Anstieg der Steuern geführt hätte, die die Leute kaum aufbringen konnten.

Sarah tat sich schwer mit der Umsetzung der Idee, und das war Teil des Problems.

Wenn sie ihre Pläne den Leuten gegenüber erwähnte, waren sie interessiert und wussten, dass es eine gute Idee war, doch sie waren hauptsächlich mit ihrem eigenen Leben beschäftigt und kamen in den schwierigen wirtschaftlichen Zeiten gerade so über die Runden.

Sie kritzelte die Ideen, die ihr in den Kopf kamen, in ihr Notizbuch und kaute gedankenverloren auf dem Ende ihres Stiftes herum, als das Telefon klingelte. Sie blickte auf das Display und freute sich, als sie Jaimes Namen las. Es stand außer Frage, dass diese Frau wie die Schwester für sie war, die sie nie gehabt hatte.

Sarah nahm das Gespräch an. »Hallo.«

»Endlich bist du zu Hause!« Jaimes Stimme klang, als hätten sie sich sechs Jahre nicht gesehen. Dabei war es erst sechs Monate her, dass sie sich an Weihnachten besucht hatten.

»Jaha«, stimmte Sarah höchst erfreut zu.

Sie hatten bereits kurz miteinander gesprochen, doch sich in den fünf Tagen seit Sarahs Ankunft noch nicht getroffen. Jaime arbeitete im Landratsamt und hatte erst jetzt frei, denn das Wochenende stand bevor.

»Lust auf ne Party heute Abend?«, fragte Jaime.

»Party?« Sarah klang skeptisch. Viel Abwechslung gab es hier nicht. »Du meinst: du und ich und ne Flasche Wein und irgendwas Gutes im Fernsehen?«

Jaime kicherte. »Nein, das meine ich nicht. Ich meine: du und ich und jeder Cowboy in einem Radius von hundert Meilen im Cut-n-Shoot.«

»Cut-n-Shoot?«, fragte Sarah zweifelnd.

»Das hat vor vier Monaten am Highway außerhalb von Egret Lake aufgemacht. Ist der totale Hammer. Ich kann immer noch nicht glauben, dass wir endlich irgendwo tanzen gehen können. Du wirst es mögen.«

»Ich weiß nicht, ob es Randall gefallen würde, wenn ich da hinginge«, entgegnete Sarah mit einem Anflug von Zweifel in der Stimme.

»So ein Quatsch, Sarah. Erzähl mir doch nichts.« Aus Jaimes Stimme klang deutliche Empörung. »Der Mann ist überhaupt nicht eifersüchtig. Ich glaube, dem würde es nichts ausmachen, wenn du auf einen anderen Mann zugehen und ihn mitten auf den Mund küssen würdest. Er würde es wahrscheinlich noch nicht einmal merken.«

»Das ist nicht sehr nett, Jaime«, mahnte Sarah schwach.

»Wirklich! Aus welchem Grund willst du ihn überhaupt heiraten?« Jaime klang völlig gefrustet.

Sarah hielt inne. »Wir kommen miteinander klar. Er ist nett und respektvoll.«

»Ach ja? Nett und respektvoll? Wir wär's mit: *Er ist wie Sahne auf einer Torte und ich brauche ihn nur anzusehen und schon läuft mir das Wasser im Mund zusammen?* Nur das macht eine Beziehung interessant, und ich dachte, du wüsstest das mittlerweile.«

»Jaime …«

»Ach hör doch auf! Ich will das nicht diskutieren. Du hast schon einmal einen Versager geheiratet …«

Sarah unterbrach sie mit einer Gegenanschuldigung. »Du aber auch …«

»Klar, aber ich habe etwas daraus gelernt, und alles, was du tust, ist dich hinter dem denkbar langweiligsten Mann zu verstecken. Lieber Himmel, Sarah, ist er überhaupt heterosexuell?«

»Natürlich ist er das!« Sarah konnte die Verärgerung in ihrer Stimme nicht verbergen.

»Wie ist der Sex?«, feuerte Jaime zurück.

Sarah schwieg, während sie diese Frage verdaute.

Jaime klang verärgert, als sie fortfuhr. »Erzähl mir bloß nicht, du hättest noch nie Sex mit ihm gehabt! Sarah! Scheiße! Hast du mit ihm geschlafen?«

»Nein«, gab Sarah zu.

»Warum nicht?«

»Er ist ein Gentleman.«

»Er ist schwul«, hielt Jaime knapp und geradeheraus dagegen.

»Nein, ist er nicht.«

»Hat er vor, demnächst hierherzukommen?«

»Nicht dass ich wüsste«, antwortete Sarah.

»Hast du eigentlich mal mit ihm gesprochen, seitdem du wieder hier bist?«

»Ja, ich habe ihn angerufen, um ihm zu sagen, dass ich gut angekommen bin.«

»Aha. Und das ist alles?«

»Er schreibt mir jeden Tag SMS.«

»Okay. Wie auch immer. Ich hole dich um acht Uhr ab. Halte dich bereit. Und ich warne dich jetzt schon: Wenn du in langweiligen Lehrerklamotten rauskommst, dann fahren wir zu mir und *ich* werde dich anziehen. Also sieh zu.«

»Was ziehst du denn an?« Sarah wusste nie, was sie von Jaimes Kleiderwahl halten sollte.

»Meine schwarzen Miss-Me-Shorts, rote Cowboystiefel und weißes Spaghettiträger-Top.«

»Ich ziehe keine Stiefel an. Ich werde Shorts anziehen, aber die gemäßigte West-Texas-Version, und keine Stiefel.« Sarah war in Texas geboren und aufgewachsen und sie liebte ihre achtzig Hektar, aber ein Cowgirl war sie beim besten Willen nicht.

»Hast du Plateausandalen dabei?«, fragte Jaime.

»Hab ich«, antwortete Sarah.

»Bei deinen Beinen wird das gehen.«

****

John lehnte an der Wand in einer abgedunkelten Ecke des lauten Tanzlokals und musterte das Durcheinander von Körpern, die sich auf der Tanzfläche drehten. Teilweise belustigt, aber auch neidisch, beobachtete er seinen Freund und Nachbarn Raul Vega, der seine zierliche, dunkelhaarige Frau über die mit Sägespäne bestreute Tanzfläche schob. Es war nicht so, dass John Elaina haben wollte oder Raul um seine Frau beneidete, aber er bekam den Gedanken nicht aus dem Kopf, dass jetzt alles anders wäre, wenn er damals bei seiner Frau eine bessere Wahl getroffen hätte.

Vielleicht wäre er dann nicht so zynisch dem Leben und besonders den Frauen gegenüber geworden. Hätte Monica nicht mit seinem besten Freund und Geschäftspartner geschlafen, versucht, ihm alles zu nehmen, was er besaß, nachdem er die Scheidung eingereicht hatte, dann könnte er vielleicht weiterhin das Gute im Leben sehen. Und dann die Tatsache, dass sie es mit seinem besten Freund getrieben hatte! Diese Erfahrung, das wusste er, hatte ihn ein für alle Mal verändert. Seitdem übte er scharfe Kritik und war voreingenommen. Um sich herum hatte er eine unsichtbare und um seine Ranch eine wahrhaftige Barriere errichtet. Er mochte völlige Isolation. So war alles einfacher, und er bezweifelte, dass sich das je ändern würde.

Er sah weiter dem befreundeten Paar zu. Raul schien kein besonders guter Tänzer zu sein, doch Elainas Blick in seine Augen verriet nichts darüber, als sie ihren Mann anstrahlte, während er sie von sich wegdrehte und wieder eng zu sich heranzog.

Das Lied war zu Ende, und John beobachtete, wie das frisch vermählte Paar die Tanzfläche verließ. Elaina ging vorweg und

Raul folgte ihr. Er hatte seine Hände auf ihre Schultern gelegt und zeigte mit dieser Geste unmissverständlich jedem männlichen Single in diesem Saal, dass sie ihm gehörte. Klar, es stand außer Frage, dass sein Nachbar definitiv seinen Anspruch auf dieses Mädchen erhoben hatte. Verliebt, verlobt, verheiratet … das volle Programm.

Völlig erstaunt bemerkte John, wie ein betrunkener Cowboy den Fehler machte, Elaina anzuschauen, und zweifellos so fasziniert von ihrem Anblick war, dass er den Mann hinter ihr nicht sah. Der alkoholisierte Typ stellte sich ihr direkt in den Weg und machte eine langsame, betrunkene Bewegung, um ihr seine Hand auf den Arm zu legen. John verschluckte sich fast an seinem Bier, denn Rauls Gesichtsausdruck war einfach zu lustig. Für Raul war es wahrscheinlich nicht so amüsant, doch John sah vom Spielfeldrand zu und da besaß dieser Moment eine andere Qualität. Wie ein Blitz schoss Rauls Hand vor, ergriff den Arm des Mannes und bog ihn hinter dessen Rücken.

John stand zu weit entfernt, um mitzubekommen, was gesprochen wurde, doch Raul hatte dem Typen im Bruchteil einer Sekunde dazwischengefunkt. John wollte sich gerade einmischen, um seinen Nachbarn vor einem Rausschmiss aus dem Lokal zu bewahren, als Elaina behutsam die Hand nach ihrem Mann ausstreckte, sich mit einem Kopfschütteln umdrehte und davonging, wahrscheinlich wohl wissend, dass Raul keine andere Wahl hatte, als ihr zu folgen. Und genau das tat er.

Es gelang immer. Alle sechs Wochen oder so überredete Elaina Raul, mit ihr tanzen zu gehen, und jedes Mal war es das reinste Wunder, dass Raul nicht wegen einer Schlägerei rausflog. John sah, wie seine Nachbarn die Tanzfläche verließen und in der Menge verschwanden.

Er nippte an seinem Bier, während sein Blick in dem Lokal umherschweifte und er eine Frau nach der anderen abcheckte. Abcheckte und gleich wieder verwarf. Normalerweise war er nicht so wählerisch, wollte nur einen schnellen Fick. Doch aus Gründen, die er nicht weiter analysieren mochte, sah heute Abend keine einzige Frau bumsenswert aus.

Als eine ganze Reihe von Frauen und ein paar heldenhafte Männer sich auf der Tanzfläche zu einem Line Dance versammelten, nuckelte er an seinem Bier und suchte nach einem weiblichen Wesen, das die Aufmerksamkeit seiner außergewöhnlich stillen Libido erregte.

Doch es tat sich nichts.

Die Frauen begannen, sich in einem Tanz verschmolzener Körper zu bewegen, der fast einstudiert aussah, und er musterte eine nach der anderen. Da waren große Frauen, kleine Frauen, große Titten, kleine Titten und alles Mögliche dazwischen. Er konnte sich auf keine Frau konzentrieren, doch wie immer erstaunte es ihn, dass sie sich synchron, fast wie nach einer Choreografie bewegten.

Die Tanzfläche war voller Menschen, denn es lief ein bekannter Song, und er sah die verschiedenen Frauen nur zum Teil, bevor sie sich gleichzeitig drehten und in die entgegengesetzte Richtung dahinglitten. Die Gesichter derjenigen, die sich in der Mitte der Gruppe befanden, konnte er überhaupt nicht sehen.

Er hatte bereits jede Frau am äußeren Rand der Tanzfläche verworfen und tat sein Möglichstes, um die Ansammlung weiblicher Wesen in der Mitte zu studieren, als sich sein Augenmerk besonders auf ein Mädchen richtete. Er schnitt fast eine Grimasse, so eine dermaßen schlechte Figur gab sie beim Tanzen ab.

Er beobachtete ihre ungeschickten Bewegungen in einem Meer von Frauen, die diesen Tanz schon viele Male absolviert hatten, und er war kurzzeitig so sprachlos, dass er sogar einen Hauch von Sympathie für sie verspürte.

Er war überhaupt kein mitfühlender Mensch, und eigentlich

konnte er mit vielen der feineren Gefühle überhaupt nichts anfangen.

Doch Mitleid ließ seine Augen immer wieder zu ihr wandern. Schließlich gab er es auf, sie bewusst nicht anzusehen, und musterte nur sie allein. Dabei bemerkte er neben den unkoordinierten Tanzschritten nach und nach andere Dinge an ihr.

Was er von ihrem Körper zu sehen bekam, war unglaublich.

Er konnte ihr Gesicht noch immer nicht sehen, doch ihre fantastischen Beine hauten ihn um. Sie trug cremefarbene Shorts, die am Saum mit Spitze abgesetzt waren, was ihre Oberschenkel auf eine Weise betonte, dass sich als Reaktion darauf jede Faser seines Körpers zusammenzog. Im Vergleich zu vielen der anderen Mädchen waren ihre Shorts sittsam und bedeckten ihre Oberschenkel um einige Zentimeter mehr als die der Frauen um sie herum, die überwiegend Miniröcke oder die kürzesten Shorts trugen, die man sich vorstellen konnte. Die meisten anderen Frauen trugen Stiefel, sie allerdings nicht, was insgesamt einen Blick auf viel mehr Bein freigab.

John gestand sich ein, dass er schon immer ein Beinfetischist gewesen war.

Diese Killerbeine wurden durch hohe Sandalen in einem hellen Braunton noch mehr betont. Die Art von Sandalen trugen zurzeit viele Frauen, wobei die Plateausohle die Beine noch um einige zusätzliche Zentimeter verlängerte, und das war zweifellos auch einer der Gründe, weshalb sie nicht so gut tanzen konnte wie die Frauen, die Stiefel trugen.

Die Schuhe waren nicht zum Tanzen geeignet, aber was sie mit ihren Beinen machten, war absolut überwältigend. Ihre Waden waren so geformt, dass man nicht umhinkam, Muskelspiel und -definition zu bewundern. Ihre Knie waren wirklich sexy und ihre Schenkel glatt und seidig.

Der bloße Anblick dieser fantastischen Beine versetzte seinen Körper in Erregung, und sein Verstand schaltete auf höchste

Alarmbereitschaft, während ein wohliger Schauer seinen Rücken hinablief.

Das war die Richtige. Das war *die Frau.*

Wenn ihr Gesicht nur ein Zehntel der Schönheit vorzuweisen hatte, die er bis jetzt sehen konnte, würden sich in wenigen Stunden diese Beine um ihn schlingen. Ein Blowjob, das wusste er bereits, wäre später dran. *Viel später.* Alles, woran er denken konnte, war, wie er seinen Schwanz zwischen ihre gespreizten Beine und diese seidigen Schenkel rammen würde.

Ja, das würde er mehrere Male brauchen, bevor sein Druck so weit gemindert wäre, dass er still daliegen und ihr Mund alles Übrige übernehmen konnte.

Dieser erregende Gedanke verstärkte die Erektion in seiner Jeans noch mehr.

Als der Tanz vorbei war, ließ er sie nicht aus den Augen. Die Menschenmenge zerstreute sich, und er sah, wie eine andere Frau mit einem Lachen auf sie zuging, ihren Arm um ihre Taille legte und sie zusammen die Tanzfläche verließen.

Gemeinsam gingen sie auf den Tresen zu und somit grob in seine Richtung. Zum ersten Mal sah er ihr Gesicht.

Kurz und stechend durchfuhr ihn ein Gefühl der Überraschung, dicht gefolgt von einer so unglaublichen Wut, dass er die Zähne zusammenbiss und sein Kiefer schmerzte. Er drehte sich um und knallte die Bierflasche auf die Theke hinter sich.

Er war frustriert und zornig und konnte nicht fassen, dass seine sexuellen Pläne ein zweites Mal vereitelt waren.

Während seine Augen weiterhin auf die Frau gerichtet waren, erfasste ihn eine Woge von Missmut. Als sie und ihre Freundin zum Tresen gingen, um circa sechs Meter von ihm entfernt Drinks zu bestellen, trafen sich ihre Blicke, doch vor Schreck, aus Panik oder purer Ablehnung sah sie schnell wieder weg. Er wusste nicht, welche Emotionen er in ihren Augen erkannte, aber es kümmerte ihn auch nicht sonderlich.

Wut über die Beherrschung, die es ihn kostete, nicht zu bekommen, was er jetzt in diesem Moment wollte, kochte in ihm. Er wollte sie an ihr auslassen, und zwar dringend.

In diesem Moment sah er aus dem Augenwinkel, dass eine Rothaarige, mit der er schon einmal geschlafen hatte und die ständig hinter ihm her war, sich an ihn heranschlich. Er verlor keine Zeit, ergriff in plötzlicher Gereiztheit ihren Arm und zog sie an sich. Was er damit beweisen wollte, wusste er nicht, er versuchte auch gar nicht, es herauszufinden. Als ihr Busen gegen seinen Brustkorb stieß, sah ihn die Frau an, doch er guckte an ihr vorbei in die Augen derjenigen, die ihn in den letzten fünf Tagen um den Verstand gebracht hatte und ihn jetzt unverhohlen und mit offenkundiger Verachtung beobachtete.

Mit dem letzten Anblick von Sarah McAlister im Kopf, wie sie angewidert den Blick von ihm abwendete, neigte er den Kopf und drückte einen Kuss auf die Lippen der Rothaarigen, deren Name ihm entfallen war.

Sie schmeckte nach abgestandenem Bourbon und roch nach einem schweren Parfüm. Als er sie küsste, merkte er, wie seine Erektion nachließ und dann völlig verschwand. Die ärgerliche Erinnerung daran, dass es dieser Rothaarigen einst gelungen war, ihn auf Touren zu bringen, erzeugte einen starken Groll auf Sarah in ihm, ein weiterer Grund, stinksauer auf sie zu sein.

Er schob die Rothaarige von sich, wies den Barmann an, ihren Bierdeckel auf seine Rechnung zu setzen, drehte sich um und ließ sie wortlos stehen. Er wollte nur noch weg von hier.

Er ging zur Herrentoilette, lief dort ein paarmal hin und her, blieb stehen und urinierte in das Pissoir. Als er seine Hände wusch, wich die irritierende Vorstellung, allein nach Hause zu gehen, dem plötzlichen Drang, Sarah entgegenzutreten.

Wieso, verdammt noch mal, war sie in der Stadt unterwegs, wenn sie einen Verlobten hatte? War ihr nicht bewusst, dass sie sich hier im größten Aufreißerschuppen der Gegend befand? Hatte sie ihn angelogen, nur um schneller von ihm wegzukommen? Und es hatte ja auch verflucht gut funktioniert. Nachdem sie ihm erzählt hatte, dass sie verlobt war, hatte er kehrtgemacht, war in seinen Wagen gestiegen und ohne ein Wort davongefahren.

Er fickte nicht die Frauen anderer Männer.

Doch verlobt war *nicht* verheiratet. Es wäre kein Ehebruch. Nicht, dass er religiös wäre. Das war er ganz und gar nicht. Allerdings hatte er einen Moralkodex, und die ganze Sache war sowieso äußerst fraglich, denn vielleicht hatte sie ihn angelogen.

Wann bitte hatte ihn eine Frau angelogen, um sich ihm zu entziehen? Wann hatte sich eine Frau ihm überhaupt jemals entziehen wollen?

Seine Wut näherte sich dem Siedepunkt, als er die Herrentoilette verließ und auf Steven stieß, den Besitzer dieses Lokals. Kurzerhand forderte John einen Gefallen ein.

Steven saß mit einer Frau im Arm in einer abgedunkelten Nische. John kam ohne Umschweife zum Punkt. »Ich brauche für ein paar Minuten dein Büro.«

Steven blickte ihn ruhig an und wandte sich an die Frau in seinem Arm. »Lass uns ein paar Minuten allein, Baby.«

Die Frau sah gekränkt aus, doch sie verließ schnell die Nische und Steven fragte John: »Willst du ne Perle in mein Büro abschleppen?«

Beim Ton des anderen Mannes kniff John die Augen zusammen. »Ich muss ein paar Minuten ungestört sein. Aber angesichts der Geldsumme, die du mir schuldest, hättest du wahrscheinlich auch nichts gegen eine gottverdammte Orgie da drinnen.«

Stevens anfänglich neutraler Gesichtsausdruck verwandelte sich ganz langsam in ein Grinsen. »Der Punkt geht an dich.« Er griff in seine Hosentasche, zog einen Schlüsselbund heraus und warf ihn in Johns Richtung.

John streckte die Hand aus, fischte den Schlüsselbund aus der Luft und ließ ihn in seiner Tasche verschwinden. Er drehte sich um, verließ die Nische und begann, nach seiner Beute Ausschau zu halten.

Sein Timing hätte nicht besser sein können.

Er sah, wie Sarah gerade ihre Freundin stehen ließ, die einen Typen an der Theke anquatschte, und auf ihren hochhackigen Schuhen in Richtung Damentoilette stöckelte. Stevens Büro befand sich im selben dunklen Flur. John wartete, bis Sarah in der Toilette verschwunden war, folgte ihr dann auf dem Fuß, blieb vor der Bürotür stehen und schloss sie auf.

****

Sarah war in Aufruhr, als sie sich im Damenklo eine dringend benötigte Ruhepause gönnte. Als viel mehr konnte man diesen kleinen, rechteckigen, mit drei WC-Kabinen und ebenso vielen Waschbecken ausgestatteten Raum nicht bezeichnen.

Doch er war tadellos sauber. Sie lehnte mit zitternden Händen am Waschbecken.

Was machte es schon aus?

Was machte es schon aus, dass sie den Typen von der Tankstelle wiedersah und er dieselben Gefühle in ihr auslöste wie beim ersten Zusammentreffen?

Sie gab zu, dass eine gewisse Erregtheit ihren Körper durchströmte. Ungewollte Erregtheit mit einem Schuss bebender Furcht. Sie erinnerte sich an ein an diesem Tag geführtes Gespräch. *Die Art Mann, die die Sahne auf ihrer Torte wäre und den sie nur anzusehen brauchte und schon liefe ihr das Wasser im Mund zusammen.*

Als sie sich eingestand, dass er der Typ Mann war, der die

Fähigkeiten besaß, um genau das in ihr auszulösen, gestand sie sich auch das andere Gefühl ein, das durch ihre Blutbahnen jagte.

Furcht. Die Furcht, die sie fühlte, kannte sie. Eine Furcht, die ihr sagte, dass er der Typ Mann war, der gewinnen würde. Ein Mann, dem sie sich kraftlos ergeben würde und der sie am Ende verletzte.

Verdammt.

Sie ließ den Kopf hängen. In diesem Moment wollte sie nur eines: sich von ihm fernhalten.

Ja sicher, versuchte sie sich zu überzeugen, sie sollte sich von ihm fernhalten. Ihr sehr vorsichtiges, sehr vernünftiges Ich wusste, dass sie sich von ihm fernhalten sollte. Sie mochte die Geborgenheit, die sie bei Randall fand. Die entfernte Erinnerung an ihren Exmann, der sie betrogen hatte, als sie mit ihrem gemeinsamen Kind schwanger war, und die riesengroße Enttäuschung, die sein Treuebruch in ihr ausgelöst hatte, schossen ihr durch den Kopf. Sie hatte damals weder gegessen noch geschlafen, und ob das etwas mit der Fehlgeburt zu tun hatte, wusste sie nicht. Sie hatte dieses Baby geliebt. Mehr als ihr Leben. In Wahrheit war sie über Greg viel schneller hinweggekommen als über den Verlust ihres Babys. Und vielleicht war sie darüber noch immer nicht hinweg.

Und jetzt war sie hier, versteckte sich auf der Toilette und versuchte, einem Mann aus dem Weg zu gehen, der noch stärkere Gefühle in ihr auslöste, als es ihr Exmann bei ihrer ersten Begegnung vermocht hatte.

Dieser John strahlte etwas Unerklärliches aus, und irgendetwas Elementares tief in ihrer Seele reagierte stark darauf. Die Art, wie er sie ansah und wie sein Blick sie komplett verschlang, als gehörte sie bereits ihm. Sie war sich ohne Zweifel sicher, dass er ihr Zusammentreffen an der Tankstelle nicht vergessen hatte.

Die Erinnerung daran, wie er die Hand nach dieser anderen Frau ausgestreckt und sie dann auf eine derart unverfrorene Weise geküsst hatte, verursachte noch immer ein leichtes Gefühl von Übelkeit in ihr.

Eifersucht.

Oh Gott! Sie war eifersüchtig. Dieses schwarze, giftige Gefühl traf sie mitten in den Magen, als ihr schließlich klar wurde, was sie gefühlt hatte, als er die andere Frau geküsst hatte.

Sie konnte doch nicht eifersüchtig sein! Das ließ sie nicht zu. Sie war mit Randall verlobt. Dieser John bedeutete ihr gar nichts.

Das Bild, wie er diese Frau in die Arme genommen hatte, brannte in ihr. Doch es ließ sich nicht leugnen, dass er Sarah angeschaut hatte, als er die andere zu sich herangezogen hatte. Er hatte ihr direkt in die Augen gesehen, und sein starrer Blick hatte den Eindruck vermittelt, als wolle er ihr die Schuld dafür geben. Dann hatte er die Frau weggestoßen, sich umgedreht und war gegangen. Hatte die arme Frau allein zurückgelassen. Das ließ tief blicken. Er wollte Sarah dafür bestrafen, dass sie mit einem anderen Mann verlobt war. Er hatte sich einer anderen Frau in dem Versuch zugewendet, Sarah zu zeigen, was er fühlte, ihr direkt unter die Nase zu reiben, dass sie ihm eine Abfuhr erteilt hatte und er jede andere haben konnte. *Mühelos!* Doch dann hatte er es nicht zu Ende gebracht. Er hatte die andere Frau stehen lassen, sich umgedreht und war vor ihnen beiden davongelaufen. Dennoch ahnte Sarah, dass er und die Rothaarige eine gemeinsame Vergangenheit hatten. Er hatte garantiert eine Vergangenheit mit einer Million verschiedener Frauen.

Doch sie sollte verdammt sein, wenn sie eine davon werden würde.

Ein Glück, dass er verschwunden war.

Jetzt musste sie nur noch Jaime davon überzeugen, das Gleiche zu tun, bevor der Kopfschmerz, der bereits im Hinterkopf lauerte, zu etwas allzu Realem wurde.

Mit genau diesem Gedanken verließ sie die Toilette und ging den abgedunkelten Flur hinunter auf den größten Raum mit der Tanzfläche zu. Sie war noch keine zehn Schritte weit gekommen, als ihr Handgelenk fest und rabiat umfasst und sie in ein Zimmer gezogen wurde, dessen Vorhandensein sie gar nicht bemerkt hatte. Die Tür wurde zugeknallt und sie war gefangen. Der Raum lag im Halbdunkel, nur der matte, dezente Schein einer kleinen Tischlampe erhellte das ansonsten dunkle Innere.

Sie spürte die geschlossene Tür im Rücken und eine harte, maskuline Hand, die ihren Mund bedeckte und den Schrei stoppte, der ihrer Kehle entweichen wollte. Lebendige, reale Angst durchfuhr sie und trieb ihren Puls dermaßen in die Höhe, dass sie sich kaum darauf konzentrieren konnte, durch die Nase zu atmen. Ihr Verstand setzte aus, als sämtliche Albträume, die sie je gehabt hatte, von allen Seiten auf sie einstürzten.

Ihr Fluchtreflex setzte ein und mit vor Furcht weit aufgerissenen Augen begann sie, sich gegen den Mann, der sie festhielt, zur Wehr zu setzen.

Er hatte sie problemlos im Griff, war ihr bei Weitem überlegen und schüttelte sie kurz, bevor sie seinen heißen Atem an ihrem Ohr spürte. »Sarah.«

Diese Stimme erkannte sie mühelos. Der Schock darüber ließ sie stillhalten. Ihre Verblüffung war deshalb besonders groß, weil sie gedacht hatte, er hätte das Gebäude bereits verlassen. Ein Gefühl grenzenloser Erleichterung erfasste sie, dass sie nicht kurz davorstand, brutal vergewaltigt zu werden. Zumindest ging sie nicht davon aus. Gefolgt wurde dieses Gefühl von Schmetterlingen im Bauch, als ihr klar wurde, dass es *seine* stahlharten Muskeln waren, die sie umfassten. Seine Hand bedeckte noch immer ihren Mund, doch er hob den Kopf von ihrem Ohr, wo er gerade noch ihren Namen geflüstert hatte, und sah sie an.

Seine Augen funkelten und sie sah das verlangende Feuer

darin schwelen. Die sexuelle Bedeutung dieses Moments traf sie tief in ihrem Inneren. Die sie vollkommen dominierende aggressive Vorgehensweise hatte einen höchst urwüchsigen Beigeschmack, der sie kampfunfähig und hilflos machte.

»Keine Angst. Ich will nur mit dir reden.« Seine Stimme klang entschlossen, sein Kiefer war angespannt und er duzte sie jetzt. Sie schluckte schwer und brachte ein kurzes Nicken zustande.

Ihr Herz schlug laut gegen ihre Brust. Sie atmete heftig durch die Nase und eine nicht zu leugnende Erregung, gepaart mit einem Schuss Angst und Panik, ergriff von ihr Besitz.

Noch immer hielt er mit einer Hand ihren Mund zu, ließ sich Zeit, sie beiseite zu nehmen, während er seinen Oberkörper gegen ihren drückte und die andere Hand, mit der er ihr Handgelenk umfasste, den Druck verstärkte. Ihre Augen waren weit aufgerissen, und sie wusste, dass er darin die Besorgnis und die Fragen sehen musste.

»Ich werde jetzt meine Hand wegnehmen. Nicht schreien.« Seine Worte waren rau und hallten in dem kleinen Raum nach.

Sie schluckte und blieb still.

Er nahm langsam seine Hand von ihrem Mund, hielt jedoch weiterhin ihr Handgelenk mit festem Griff umklammert. Seine Handfläche strich von ihrem Mund über ihre Wange, dann über ihren Kopf, wo sich seine Finger in ihren Haaren zu einer Faust ballten und sie gefangen hielten. Das Gespräch, das er mit ihr führen wollte, musste zweitrangig sein, denn als sein Blick auf ihre Lippen fiel, spürte sie, wie ein Stöhnen durch seine Brust fuhr, und sein Mund näherte sich ihrem.

Der Kuss begann nicht langsam. Es gab keine sanfte Verführung oder vorsichtige Erkundung ihrer Lippen. Eilig presste er seinen Mund auf ihren, stieß seine Zunge vor, und für den Bruchteil einer Sekunde durchfuhr Sarah eine alles verzehrende Erregung und *Erleichterung*, wie sie sie noch nie in ihrem Leben verspürt hatte.

Die Erregung war sexueller Natur, das wusste sie. Doch weshalb sie Erleichterung verspürte, verstand sie überhaupt nicht.

Diesem Gedanken folgte schnell das Bild der rothaarigen Frau in seinen Armen vor wenigen Minuten.

Sie wehrte sich gegen ihn, als sich dieses Bild den Weg zu ihrem Verstand gebahnt hatte, und schob die freie Hand zwischen sich und ihn, um ihn mit aller Kraft wegzudrücken. Die Hebelwirkung reichte jedoch nicht aus, und so drehte sie abrupt den Kopf zur Seite und riss sich von seinem Mund los.

Er drehte ihren Kopf, bis sie sich gegenseitig anstarrten und beide nach Luft schnappten. Seine Finger drückten in ihr Fleisch, seine Kieferknochen zeichneten sich ab, und er senkte den Kopf, als wollte er weitermachen.

»*Wage ja nicht, mich mit ihrem Geschmack im Mund zu küssen!*«, schrie Sarah mit einer Stimme, die nach Luft rang.

Er ergriff mit seiner freien Hand ihr anderes Handgelenk, hob sie beide über ihren Kopf, packte dann mit einer starken Hand beide Gelenke und drückte seinen Oberkörper gegen sie. Er hob ihr Kinn weiter an und blickte auf sie.

»Versuchs noch einmal, Schätzchen«, stieß er verächtlich hervor. Er atmete unregelmäßig, und Sarah fühlte auf Bauchhöhe seine Erektion, als er barsch fortfuhr: »Beschimpf mich, weil du einen anderen Mann hast, einen, mit dem du angeblich verlobt bist.« Zorn verdüsterte seinen Gesichtsausdruck und er kniff den Mund zusammen.

Sarahs Atem ging stoßweise, und wütend wurde ihr klar, dass er recht hatte. Nicht eine Sekunde hatte sie an Randall gedacht. Ihre Gedanken kreisten einzig und allein um die andere Frau, die John geküsst hatte.

Sie kochte vor Wut und Erniedrigung. Mit brennenden, vorwurfsvollen Augen starrte sie zu ihm hinauf und schwieg.

Während er sie gegen die Tür drückte, sah er sie genau an. »Hast du gelogen?«, fragte er mit wütender, rauer Stimme.

Sarah keuchte leicht, als eine ungewollte Anziehungskraft sie praktisch völlig in den Bann zog. Ihr Verstand war durch seine Berührung dermaßen außer Kraft gesetzt, dass sie kaum seine Frage registrierte. Sie musste sich konzentrieren. »Inwiefern?«

Seine Hand ließ ihr Kinn los, und mit einem Ruck an ihrem Arm zog er ihre linke Hand herunter und hielt sie vor ihr Gesicht. »Du trägst keinen Ring.« Seine Stimme war kaum mehr als ein Knurren.

Erneut geschockt und völlig beschämt darüber, dass er sowohl Zorn als auch sexuellen Hunger in ihr auslösen konnte, antwortete sie ihm nicht schnell genug.

Er verstärkte den Griff um ihr Handgelenk und streckte sein Kinn vor. »Du hast mich angelogen. Du hast keinen Ring. Du bist nicht verlobt.«

Sie befeuchtete ihre Lippen mit der Zunge und zwang ihren Verstand, sich an einen Mann zu erinnern, der vierhundert Meilen entfernt war und sogar noch weiter entfernt von ihren Gedanken. Sie presste die Worte am Kloß in ihrem Hals vorbei. »Ich habe nicht gelogen. Wir sind frisch verlobt. Der Ring wird gerade geändert.«

»Wo ist der Typ?«

»In Dallas.«

»Lebt er da?«, fragte er unvermittelt.

»Ja.« Sarah sträubte sich, ihm mehr als die paar Eckdaten zu geben, nach denen er fragte.

Seine Nasenlöcher blähten sich auf, er sah sie mit zusammengekniffen Augen an und der Druck seiner Hand ließ nicht nach. »Du musst Schluss machen.«

Höchst erstaunt über seine Unverfrorenheit weiteten sich ihre Augen und sie tat mit einem gezischten Atemstoß ihre Ablehnung kund. »Nein.«

»Doch«, forderte er, während sich Zornesfalten um seinen Mund bildeten und er in kaum unterdrücktem Zwang seine

Zähne entblößte. Sie konnte förmlich fühlen, wie seine Laune in unvorhersehbare Tiefen sank.

»Du bist verrückt«, stieß sie hervor.

»*Ich* bin nicht verrückt.« Mit einer Stärke, die ihr eigentlich hätte Angst einjagen müssen, doch genau das Gegenteil bewirkte, riss er ihre Hand erneut über ihren Kopf und ergriff sie dort nochmals mit seiner anderen Hand. Mit der nunmehr frei gewordenen Hand berührte er zunächst ihren Hals und drückte als unausgesprochene sexuelle Bedrohung gegen ihre Luftröhre, während seine feurigen Augen ihren Blick erwiderten. Dann ließ er seine Hand hinabgleiten, langsam zwischen ihren Brüsten hindurch, über ihren Bauch hinweg und schließlich zwischen ihre Schenkel, wo er mit einer Dreistigkeit und Arroganz zupackte, die sie laut aufstöhnen ließ.

Sarah schaffte es gerade noch, ausreichend zu atmen, um nicht ohnmächtig zu werden. Der Schock, die Intimität, das *Ausmaß der Versuchung,* die sie fühlte, trafen sie völlig unvorbereitet.

Er beugte seinen Kopf an ihr Ohr, wo er tief einatmete, als wolle er ihren Duft in sich aufsaugen. Seine Lippen berührten ihr Ohr, als er mit erregter, fordernder Stimme zu ihr sprach: »Ich bin nicht verrückt. Du bist doch schon feucht für mich, Süße. Wenn du nur eine Sekunde lang glaubst, ich ließe mir von einem Typen in Dallas Vorschriften machen, dann bist *du* verrückt.« Seine Handfläche drückte genau an der richtigen Stelle fest zu, und Sarah schloss die Augen, als Empfindungen ihren Körper durchbohrten, die sie in dieser Intensität noch nie gespürt hatte.

Sie bemühte sich, aufrecht zu stehen und nicht gegen ihn zu sinken, während er weiter rieb und ihr keuchend ins Ohr zischte: »Dieses Feuer da unten ist für mich. Du willst doch genauso verdammt dringend von mir gefickt werden, wie ich dich ficken will. Sonst wärst du nicht so stinksauer gewesen, dass ich diese Frau da geküsst habe, und dein Höschen wäre nicht so feucht, dass ich deinen Duft riechen könnte.«

Sarah spürte ein Pochen in ihrem Kopf, als ein heftiges sexuelles Verlangen ihren Körper überkam, und versuchte, ihren Verstand zu bezwingen. Sie spürte, wie John kühn seine Erektion gegen ihren Unterleib drückte, doch seine lüsternen Worte hatten eine doppelte Wirkung auf sie.

Seine Hauptaussage erinnerte sie äußerst dringend daran, sich von ihm fernzuhalten. Sie sog die Luft ein und hielt den Atem an, als sie den Schock verdaute, dass ihr gerade gesagt worden war, *sie wolle ihn* ficken. Innerhalb eines Augenblicks verglich sie seine Worte und Verhaltensweisen mit denen der vielen verschiedenen Männer, mit denen sie ausgegangen war, seitdem sie in Dallas lebte.

Dallas war eine äußerst mondäne, kultivierte Stadt, und die vielen Abendessen, der sanfte Kerzenschein und die Männer in Anzügen, die sich wie Gentlemen benommen hatten, waren ein starker Kontrast zu diesem Mann, der sie gepackt und ihr erzählt hatte, dass ihr *Höschen wegen ihm feucht war*.

Oh, es gab keinen Zweifel daran, dass er der sprichwörtliche Bad Boy war, und zwar einer, wie sie ihn noch nie zuvor in ihrem Leben getroffen hatte. Und was seine gefährlichen, fast animalischen Aggressionen betraf, so konnte ihm nicht einmal ihr Exmann John das Wasser reichen. Die Persönlichkeit dieses Mannes, seine Einstellung, wenn sie auch übertrieben war, besaß einen überzeugenden Zwang, dem man sich nur schwer widersetzen konnte.

Doch sie wollte sich ihm widersetzen.

Sie entwand ihm ihre Handgelenke, drängte sich aus seinen Armen und stolperte ein paar Schritte an ihm vorbei in den Raum hinein, als ihr Verstand wenigstens für einen Moment den Kampf über ihren Körper gewann und sie das feine Beben ihrer Glieder zu kontrollieren versuchte.

Sie drehte sich langsam zu ihm um, und als er einen bedrohlichen Schritt auf sie zu machte, hob sie ihre Hand, um ihn abzuwehren. »Lass mich in Ruhe!«

Er blieb wie angewurzelt stehen, musterte sie ein paar Sekunden lang, stellte sich dann vor die geschlossene Tür, lehnte sich dagegen und verschränkte seine Arme vor der Brust.

Sarah holte tief Luft und fühlte sich vorerst erleichtert, dass er ihr diese Pause eingeräumt hatte und nicht weiter auf sie zugegangen war.

Sie richtete sich zu ihrer vollen Größe auf und räusperte sich. »Ich will, dass du mich in Ruhe lässt!«

»Nein, das willst du nicht«, widersprach er sofort.

Ihre Augen blitzten auf, obwohl ein Anflug von Panik sie durchfuhr. Ganz sicher würde er aufgeben. Oder? Er musste einfach. »Ich bin mit einem anderen Mann verlobt. Ich will nicht mit dir zusammen sein und ich will nicht mit dir schlafen.« Sie brachte die Angelegenheit mit energischen Worten vor.

Er ging sofort dagegen an. »Du willst mit mir schlafen.«

Frustriert fuhr sie mit der Hand durch die Luft und schrie: »*Ich werde nicht mit dir schlafen!*«

Sein Gesicht verzog sich zu einem arroganten Grinsen, wodurch sich äußerst reizvolle Fältchen um seine Augen bildeten. »Da haben wir's, Süße …«

Wütend unterbrach sie ihn. »Nenn. Mich. Nicht. Süße!«

»Ich nenne *jede* Süße«, sagte er in saloppem Ton, der für Sarah aber durchaus nicht salopp klang.

»Ich bin nicht jede«, presste sie mit zusammengebissenen Zähnen hervor.

»Jetzt kommen wir voran.« Er zog diabolisch eine dunkle Augenbraue hoch und machte eine Pause, bevor er weitersprach. »Du willst mit mir schlafen, aber du gestehst es dir nicht ein. Und du willst, dass ich dir einen besonderen Namen gebe, einen, der nur dir allein vorbehalten ist.«

»Das ist Blödsinn«, wehrte sie sich schwach.

»Ist es das?«

»Ja.«

»Was auch immer du sagst, Traumfrau.«

Sie biss die Zähne zusammen, als er spontan einen neuen Kosenamen präsentierte. »Ich bin nicht deine Traumfrau, und beleidige nicht meine Intelligenz, indem du mir so einen Schwachsinn unterstellst.«

»Glaubst du mir nicht, dass ich von dir geträumt habe?«

»Nein, bestimmt *nicht*.«

»Das verletzt aber jetzt meine Gefühle, dass du mir nicht glaubst.« Während er sie von oben bis unten musterte, veränderte sich fast unmerklich sein Verhalten. Mit dem Abstand zwischen ihnen schien seine Wut nachzulassen, und obwohl er noch genauso energisch war wie zuvor, nahm seine Persönlichkeit fast neckende Züge an. Das war eine gefährliche Kombination für Sarahs ohnehin nicht mehr funktionstüchtige Abwehrmechanismen, und sie ertappte sich dabei, dass sie ihm noch weniger traute. Sorgfältig prüfte sein Blick ihre Beine und dann ihre Brust, bevor er wieder bei ihrem Gesicht ankam. »Sicher, *jede* wurde ganz feucht, aber …« Seine Stimme verstummte allmählich, während er auf ihre Reaktion wartete.

Sarah brauchte einen Moment, bis das Gesagte in ihr Bewusstsein vorgedrungen war, doch dann straffte sie ihren Rücken. »Gib die Tür frei. Ich gehe.«

»Zurück zu Wie-heißt-er-noch?« Seine Worte waren der blanke Hohn.

»Mein Verlobter heißt Randall«, erklärte sie mit einer Überzeugung, die sie langsam anzuzweifeln begann.

»Ach so. Du bist nicht mehr zu haben.« Eine weitere Dosis Feindseligkeit schien in seinen Augen zu leuchten. »Du wirst versuchen, dein Allerallerbestes zu geben, um treu zu sein, weil du glaubst, dass du zu ihm gehörst.«

»Ich gehöre *sehr wohl* zu ihm.« Sie versuchte, sich an ihm vorbei zur Tür zu schlängeln, die er allerdings blockierte. Allmählich wurde sie so wütend wie er. »Und selbst wenn nicht, werde ich niemals dir gehören.«

Er streckte seine schwielige Hand aus, schnappte ihr Handgelenk und hielt es mit festem, beherrschendem Griff fest. »Fordere mich ja nicht heraus, Traumfrau.« Sein Daumen rieb auf ihrer Haut. Dann begann er den Druck auf ihren Pulspunkt zu verstärken, und sein Gesichtsausdruck verdunkelte sich, als seine Augen sie von oben bis unten musterten. »Eines kann ich dir sagen. Wenn du mir gehörtest, würdest du ganz sicher das Haus nicht in einer solchen Aufmachung verlassen.« Seine Aufmerksamkeit richtete sich auf ihre langen Beine.

»Nein?« Sie stieß das Wort angriffslustig hervor, machte ihren Ellbogen steif und wendete all ihre Kraft auf, um ihn auf Abstand zu halten.

»Absolut keine Chance.« Seine Stimme war tief mit einem Schuss angeborener Arroganz.

Sie hob den Kopf, sah ihn an und sagte, was Sache war. »Ich ziehe an, was ich will, und weder du noch jemand anderes wird mir je sagen, was ich tun soll.«

Kühn erwiderte sie seinen Blick, während er weiterhin ihr Handgelenk mit einem schraubstockähnlichen Griff festhielt. »Willst du, dass ich dich hier rauslasse, oder nicht?«, fragte er mit bedrohlicher Stimme.

»*Ja!*«, rief sie.

»Dann hör auf, mich zu etwas anzustacheln, das wir beide bereuen werden.« Er riss mit einem Handgriff die Tür auf. »Geh, solang ich es mir nicht anders überlege.«

Sarah starrte ihn für den Bruchteil einer Sekunde an, bevor ihr klar wurde, dass er ihr Handgelenk losgelassen hatte. Ihr ganzer Körper war noch immer bewegungsunfähig, während ihr Verstand zu verarbeiten versuchte, dass er sie tatsächlich gehen ließ. Gleichzeitig betrachtete sie ihn genau. Seine Augen waren so schön braun. Ein tiefes, dunkles Braun. Ihr Herz schlug laut gegen ihre Brust, und sie fragte sich gegen ihren Willen, ob sie ihn je wiedersehen würde.

Schnell prägte sie sich sein Gesicht ein, drehte sich um und verließ den Raum mit so viel Beherrschung, wie sie imstande war aufzubringen.

****

John stieß mit der Stirn gegen die geschlossene Tür und konnte gerade noch ein Stöhnen unterdrücken. Ein Kuss. Ein gottverdammter Kuss war alles, was er bekommen hatte, bevor sie davongerannt war. Grenzenloser Ärger stieg in ihm hoch. Wenn er schon vor heute Abend ein brennendes Verlangen nach ihr gehabt hatte, dann war es jetzt nur noch schlimmer.

Der Gedanke an diese Beine. Die Erinnerung an ihre ungeschickten, doch überaus reizvollen Tanzbewegungen. Dieser süße Mund und die feuchte Erregtheit, die er so mühelos in ihr ausgelöst hatte.

Das war zu viel. Noch einmal stieß er den Kopf gegen die Tür und ein tiefer, frustrierter Seufzer entfuhr ihm. Verdammt, wenn er sie schon nach dem ersten Aufeinandertreffen nicht hatte ausfindig machen können, dann war es jetzt fast unmöglich.

Er wusste, dass er dieses Mal nicht klein beigeben konnte. Er musste sie wiedersehen. Sie konnte die zwischen ihnen herrschende Anziehungskraft, die wie ein Flächenbrand loderte, nicht weiter leugnen.

Er konnte sie nicht leugnen.

Würde es auch nicht tun.

Und er wäre verdammt, wenn er sie entkommen lassen sollte.

Drittes Kapitel

Drei Tage später passierte Sarah den Eingang zu Phillip Johnson Garretts Ranch. Die beiden hohen Steinsäulen, der schwarze schmiedeeiserne Zaun – alles um sie herum sah nach Geld aus, nach sehr viel Geld. Die Felder waren saftig und grün, und der lange, sich windende Privatweg, der am Tor begann, war asphaltiert, ganz im Gegensatz zu ihrem Feldweg, der durch ihre eigenen achtzig Hektar verlief. Der Unterschied zu ihrem im Vergleich fast desaströs wirkenden Grund und Boden war erschütternd. An ihrem holprigen Weg verlief ein einfacher Zaun, der aufgrund der Wettereinflüsse und seines Alters am Zusammenbrechen war. Ihr Großvater hatte ihn selbst gebaut. Er hatte umgestürzte Mesquite-Bäume für die Zaunpfähle verwendet, und der Stacheldraht war von einem halben Jahrhundert unter freiem Himmel rostig und locker. Der massive Zaun hier stand im krassen Gegensatz zu dem Anblick, der sich ihr tagtäglich bot.

Als sie langsam auf der kreisförmigen Auffahrt vor dem Haus hielt, holte sie tief Luft und stellte den Motor aus. Mit dem Mann selbst hatte sie noch nicht gesprochen, nur mit seiner Haushälterin, die Sarah angerufen hatte, um den Termin auszumachen.

Sie starrte auf das Bauwerk aus Holz und Stein, das sein Zuhause war, und betete leise, er möge so großzügig sein, wie man ihr erzählt hatte.

Sie holte tief Luft, nahm ihre Handtasche und bereitete sich darauf vor, sich ganz für etwas einzusetzen, das ihr am Herzen lag.

****

John zog die Zündkerze an dem alten Jeep fest und griff nach einem Lappen, um sich die Schmiere von den Händen zu wischen, bevor er an sein Handy ging.

»Was ist?«, fragte er in einem Ton, der unhöflich klingen sollte.

»Die Dame von der Schule ist hier«, antwortete Beth Reynolds, seine Haushälterin. John wusste, dass sie sich längst an seinen schroffen Tonfall gewöhnt hatte.

»Welche Dame?«

»Ich habe Ihnen gestern von ihr erzählt. Sie hat praktisch um einen Termin gebettelt«, erinnerte sie ihn.

»Die Schule in Duluth?« Verwirrung legte seine Stirn in Falten. Er hatte die Schule gerade letzte Woche besucht. Was um alles in der Welt wollten sie jetzt schon wieder?

»Nein. Top Hill«, antwortete Beth.

Allein schon die bloße Erwähnung dieses verdammen Ortes frustrierte ihn. Im Augenblick wollte er überhaupt nicht daran erinnert werden. Er biss die Zähne zusammen. »Wimmeln Sie sie ab.«

»Nein, das werde ich nicht«, weigerte Beth sich. »*Sie* können sie abwimmeln.«

»Eines Tages werde ich Sie feuern«, drohte er der älteren Frau, die jetzt schon seit zehn Jahren für ihn arbeitete und ihn dermaßen verwöhnt hatte, dass er verdammt gut wusste, dass er gar nicht mehr ohne sie auskam.

»Ich werde irgendwann sowieso kündigen«, entgegnete sie, ohne zu zögern. »Bewegen Sie Ihren Hintern nach Hause und kümmern Sie sich selbst darum. Ich weiß gar nicht, warum Sie mit einem Treffen einverstanden waren, wenn Sie sie nicht sehen wollen.«

»Weil ich ein netter Bursche bin«, sagte er mit sarkastischem Unterton.

Beth gab einen argwöhnischen Laut von sich. »Beweisen Sie es. Sie scheint ziemlich nervös zu sein.«

»Na, das ist doch schon mal ein Punkt zu ihren Gunsten. Normalerweise sind sie so dreist wie nur was, wenn sie mein Geld wollen.«

»Seien Sie nett zu ihr. Man könnte meinen, sie hätte gleich eine Verabredung mit dem Prinzen von Wales, so überfordert sieht sie aus.«

»Ich bin in einer Minute da.« John beendete das Telefonat und wusch sich die Hände. Hätte er einen verdammten Stiftungsmanager, stellte er verärgert fest, bräuchte er sich jetzt nicht mit dieser Sache befassen. Dann bräuchte er sich nie wieder mit so etwas zu befassen.

Als er über das Gelände auf das Haus zuging, fühlte er sich, als hätte er versucht, Nägel zu zerkauen und zu schlucken, so dermaßen frustriert war er. In dem Bewusstsein, dass seine Haushälterin recht hatte und er die Vertreterin der Schule nicht gleich zu Beginn ihres Gespräches mundtot machen konnte, gab er vorläufig klein bei, zog sein Feuerzeug aus der Tasche und zündete sich eine Zigarette an. Als er die beruhigende Wirkung des Tabaks spürte, fragte er sich flüchtig, ob er je in der Lage sein würde, mit dem Rauchen aufzuhören.

Das war eine Sache, die er bislang nicht in den Griff bekommen hatte. Wiederholt. Okay, das und seine Ehe. Seine Heirat war der ultimative Fehler gewesen, einer, den er nicht zu wiederholen gedachte.

Er presste die Kiefer aufeinander und versuchte, ein gewisses Maß an Selbstbeherrschung zu erlangen. Aber er war jetzt schon viel zu wütend auf die unbekannte Frau. Dass sie aus Top Hill war und sein Geld wollte, waren bereits zwei Übertretungen, die sie sich geleistet hatte.

Er brauchte nur noch eine dritte zu finden und dann, *Baby, hatte sie verloren.*

****

Sarah stand in Phillip Garretts Arbeitszimmer und versuchte, ihre Nerven zu beruhigen, die ihren Körper zittern ließen. Sie war nicht fähig gewesen, sich hinzusetzen und ruhig zu warten, deshalb sah sie sich in seinem Arbeitszimmer um und stand jetzt vor einem Bücherregal, in dem sie seine Sachen betrachtete.

Nirgendwo gab es Privatfotos, nur gerahmte Fotografien von einem Ölfeld. Die Bilder zeigten den Verlauf der Ölbohrung von Anfang bis Ende.

So machte er also seine Millionen.

Sie ließ ihre Augen über die unzähligen Dinge in seinem Bücherregal wandern. Er hatte eine Sammlung alter Werkzeuge, die nicht poliert und glänzend waren. Die meisten hatten eine Rostpatina und das Holz war verwittert.

Viele der Gegenstände sagten ihr nichts, doch sie erkannte ein Maßband, das über fünfzig Jahre alt sein musste. Ihre Augen glitten darüber hinweg und landeten auf einem rechteckigen Stück Holz, das ungefähr einen halben Meter lang war. Es klebte noch Erde daran. Wahrscheinlich hatte es jemand vor Jahren auf einem Feld fallen und liegen lassen. Das Holz wies Spuren jahrelangen Gebrauchs auf, und Sarah erkannte, was es war: eine Wasserwaage, ein einfaches Tischlerwerkzeug. Aber einfach war es auf keinen Fall. Es musste fast hundert Jahre alt sein. Oder älter. Sie nahm es in die Hand und betrachtete es genauer, obwohl sie beim Berühren von Garretts Sachen ein leichtes Schuldgefühl verspürte. Alte Dinge hatte sie immer gemocht. Sie mochte alte Bücher, alte Möbel und alte Quilts. Es war ihr eigentlich egal, ob die Sachen auch wertvoll waren oder nicht. Sie nur in der Hand zu halten und sich die Leute vorzustellen, die sie im Alltag benutzt hatten, faszinierte sie. Jedes Stück schien eine Geschichte zu erzählen.

Während sie die Wasserwaage genau betrachtete, stellte sie voller Ehrfurcht fest, dass zwar eine der Libellen geplatzt war, die andere aber noch intakt war und Messflüssigkeit enthielt.

Sie trat vom Bücherregal zurück und bewegte die Wasserwaage liebevoll in ihren Händen.

»Legen Sie das hin!«

Sarah stand mit dem Rücken zur Tür, und diese strenge Stimme ließ sie in grenzenloser Fassungslosigkeit herumfahren, um den in der Tür stehenden Mann anzusehen.

Ihre Hände zitterten, und als sie die volle Wucht der Erkenntnis traf, glitt ihr die Wasserwaage aus den Fingern und stürzte mit einem Krachen und Splittern auf den gefliesten Boden.

Johns Blick fiel auf das kaputte Messgerät zu ihren Füßen. »Gottverdammt!«, fauchte er. Sein Blick löste sich vom Boden, wanderte an ihrem Körper entlang bis zum Gesicht hinauf und plötzlich erkannte er sie wieder. »*Gottverdammt*«, fluchte er erneut.

Sie starrten sich durch den Raum hindurch an, während Sarahs Gehirn den unablässigen Impuls aussendete, wegzulaufen, was nicht möglich war, denn ihre Füße klebten am Boden fest. Sie starrte John entsetzt an.

Er ergriff seine Chance, bevor sie es tat, drehte sich um, schloss die Tür und drehte den Schlüssel um. Während er dieses bedrohliche Manöver ausführte, steckte er eine Zigarette zwischen seine Lippen und beließ sie dort. Sie sah zu und langsam begann ihr Verstand wieder zu arbeiten. »Du *rauchst?*«, fragte sie voller Missbilligung und mit einer Abneigung, die sie nicht schnell genug verbergen konnte.

Sarah hatte keine Ahnung, warum sie so schockiert war, dass er rauchte. Weil sie Rauchen so sehr hasste und das wahrscheinlich die einzige Regel in ihrem Leben war, die sie niemals brach? Sie ging nie mit Männern aus, die rauchten. *Niemals*.

Warum war sie nicht schockierter darüber, dass Phillip Johnson Garrett John war? Ihr John. *Ihr John?!* Wie zum Teufel war sie jetzt darauf gekommen?

»Du hast meine Wasserwaage kaputt gemacht«, knurrte er.

Sarah blinzelte, löste ihren Blick von ihm und betrachtete das Durcheinander zu ihren Füßen. Erschrocken darüber, dass sie so tollpatschig gewesen war, durchfuhr sie plötzliches Mitgefühl für dieses alte Werkzeug. Sie holte tief Luft und sah ihn wieder an. »Du rauchst?«, wiederholte sie benommen.

»Was ist daran so verdammt schwer zu begreifen?« Er bückte sich und hob das alte Holz sowie die geborstene Libelle auf. Er stellte beides auf das Bücherregal, ging zu seinem Schreibtisch und lehnte sich dagegen.

Sarah machte eine halbe Drehung und sah ihn an. »Ich weiß nicht. Warum rauchst du?«

»Willst du mich auf den Arm nehmen, Lady? Glaubst du, du hast irgendein Recht, mir persönliche Fragen zu stellen?«

Sarah war immer noch zu sehr aus dem Gleichgewicht, als dass sie dem Gespräch mit irgendeiner Logik folgen konnte. Zu viele Dinge stürzten gleichzeitig auf ihren Verstand ein. Er rauchte. Sie hasste das und war grenzenlos enttäuscht. Und sie hatte etwas zerbrochen, das er gernhatte. Und sein Name war Phillip Garrett und er würde ihr auf keinen Fall Geld geben. Mit schmerzlichem Bedauern sah sie das schließlich ein. Das Altenheim würde nicht gebaut werden. Die Schule würde schließen.

Und er rauchte.

Als sie ihm zusah, wie er einen tiefen Zug nahm und den

Rauch wieder ausblies, begegnete sie seinem Blick und versuchte, die Situation wieder in den Griff zu bekommen. Sie befeuchtete ihre Lippen, denn ihr Mund war vollkommen ausgetrocknet. »Es tut mir leid.«

»Weil du dich nicht um deinen eigenen Kram kümmerst oder weil du ein Trampel bist?«

Sarah biss sich auf die Lippen und wendete den Blick ab. Sie wollte plötzlich heulen. Nicht laut schluchzend, mit richtig dicken Tränen, sondern so, dass der Blick getrübt wurde und man sich rundum elend fühlte. Doch sie wusste, dass sie das nicht tun würde. Dazu war sie viel zu stolz.

Sie räusperte sich. »Tut mir leid, dass ich deine Wasserwaage zerbrochen habe. Sie war wirklich wunderschön …«

Er nickte nur einmal als Zeichen dafür, dass er ihre Entschuldigung zur Kenntnis genommen hatte, und blickte sie an, als hätte er eine Frage.

»Was?«, fragte sie leise.

John sah die Tränen in ihren Augen und machte sich überhaupt nichts daraus. Als hätte er Schuld, als hätte er etwas Falsches getan. Hatte er das? Alles hatte katastrophal zwischen ihnen begonnen … oder eher *nicht* begonnen.

Zuerst ihr Zusammentreffen an der Tankstelle, dann in dem Tanzlokal und jetzt hier. Sie wollte sein Geld. Hatte er das nicht zuerst gewollt? Dass sie auf sein Geld aus war? An jenem ersten Tag hätte ihm das nicht viel ausgemacht, aber jetzt, gestand er sich ein, ärgerte es ihn.

Er fühlte sich wie ein kleiner Junge und es machte ihn wütend. *Er wollte, dass sie ihn mochte.*

Scheiße.

Auch wenn es ihm widerstrebte, fragte er: »Willst du, dass ich sie ausmache?«

Der Ausdruck in seinem Gesicht war für Sarah unergründlich und sie schüttelte langsam den Kopf. »Nein, du hast recht.

Es geht mich nichts an. Es ist dein Haus und deine Gesundheit.«

Als hätte sie nichts gesagt, nahm er einen letzten Zug, atmete den Rauch aus, griff nach dem Aschenbecher hinter sich auf dem Schreibtisch und drückte die Zigarette aus.

Als er sich mit einem grimmigen Gesichtsausdruck wieder zu ihr umdrehte, sah Sarah, wie der Stoff seines T-Shirts über den Schultern spannte. Das Material schien einmal weiß gewesen zu sein, doch jetzt war es größtenteils mit einer Schmutzschicht überzogen und ein nach Schmiere aussehender Streifen befand sich auf der linken Seite. Die Ärmel waren komplett abgeschnitten und sein Bizeps wölbte sich als Ausdruck männlicher Stärke. Ein Anblick, bei dem Sarahs Herz kräftig gegen ihre Brust zu hämmern begann.

Was auch immer er gemacht hatte, als sie hier angekommen war, es musste körperliche und keine geistige Arbeit gewesen sein. Sie hätte nicht gedacht, dass ein Multimillionär so seine Zeit verbrachte.

Ihre Augen wanderten von seinem Oberkörper zu seinen Jeans und Arbeitsstiefeln. Beides war ebenfalls schäbig und erinnerte sie an ihr erstes Zusammentreffen. Dieser Mann trug nur, was bequem für ihn war, und befand sich in einer Position, in der er darauf pfeifen konnte, wie es aussah.

Aber das spielte keine Rolle mehr, denn sie hatte beständig seine Avancen zurückgewiesen und ihn beleidigt, seitdem sie sich das erste Mal über den Weg gelaufen waren. Er würde ihr auf keinen Fall die Hilfe, Zeit und Geldmittel zukommen lassen, die sie brauchte. Sie beschloss, ihren Atem nicht zu verschwenden und ihn gar nicht erst darum zu bitten. Nahezu sofort stellte sie diese Entscheidung infrage. Jeder, mit dem sie gesprochen hatte, hatte ihr erzählt, dass er überaus freigiebig war. Vielleicht war tatsächlich eines seiner hervorstechendsten Merkmale die Nächstenliebe, die auch der Konflikt zwischen ihnen nicht beeinträchtigen konnte. Sie wusste wirklich nicht, was sie tun sollte. Der Gedanke, diesen Mann um Geld zu bitten, erschien ihr plötzlich gefährlich. Leichtsinnig und gefährlich.

Doch sie musste etwas sagen und suchte planlos nach einem unverfänglichen Thema. »Du bist also Phillip Johnson Garrett.« Sie bemühte sich um einen ausgeglichenen Umgangston mit nur leichter Fragestellung in der Stimme.

Er nickte einmal. »John.«

»John.« Sie sprach den Namen nach.

Er musterte sie dreist von oben bis unten, als hätte er jedes erdenkliche Recht dazu. »Und du bist Sarah McAlister.«

»Ja. So klein ist die Welt.« Diese alberne Floskel kam ihr über die Lippen, bevor sie sich zurückhalten konnte.

»Besonders in diesem Teil des Landes«, stimmte er zu und ließ sie nicht aus den Augen.

John lehnte sich an seinen Schreibtisch und wartete darauf, dass Sarah den nächsten Schritt tat. Wartete darauf, dass sie ihn um Geld bat. Wofür, das wusste er nicht. Ihm war nicht bekannt, was die Schule in Top Hill brauchte. Oder was Sarah mit der Schule zu tun hatte.

Zum ersten Mal jedoch fühlte er große Genugtuung, dass jemand sein Geld wollte. Dass *sie* sein Geld wollte. Würde er sie eigentlich auch ohne Geldzuwendung bekommen? Im Moment wirkte sie mehr als zugeknöpft, und ohne eine Art Belohnung würde er bei ihr wohl keine Chance haben.

Deshalb sollte er verdammt dankbar sein, dass er etwas hatte, was sie brauchte.

»Tut mir leid, dass ich deine Wasserwaage kaputt gemacht habe«, entschuldigte sie sich noch einmal, und ihre Stimme war Balsam für seine Seele.

»Ist schon gut.« Jedem anderen, der seine Sachen mit einer solchen Rücksichtslosigkeit behandelt hätte, hätte er nicht so einfach verziehen.

Sie schluckte merklich und sah sich in seinem Arbeitszimmer um. Er spürte, wie nervös sie war, doch sie unternahm nichts, um die Unterhaltung auf den Grund ihres Besuches zu lenken. Er beschloss, ihr ein wenig unter die Arme zu greifen. »Du arbeitest für die Schule in Top Hill?«

»Nein.« Sie führte ihre Antwort nicht näher aus.

»Arbeitest du in der Schulverwaltung?«, fragte er weiter.

»Nein. Ich bin Lehrerin, aber ich wohne und arbeite in Dallas.«

John war verwirrt. Er hätte schwören können, dass sie bei ihrem ersten Zusammentreffen gesagt hatte, dass sie aus Top Hill war. Bei der Erwähnung von Dallas begannen seine Schläfen zu pochen. Er blickte hinab auf ihre linke Hand und sah sofort einen funkelnden Solitär an ihrem Ringfinger.

Zorn und Feindseligkeit stiegen in ihm auf. »Du hast mir gesagt, du wärst aus Top Hill«, presste er zwischen zusammengebissenen Zähnen hervor.

»B… bin ich auch. In gewisser Weise. Meine Großeltern haben mir eine kleine Farm hinterlassen und ich verbringe jeden Sommer hier. Meine Eltern haben in Dallas gelebt und ich bin dort aufgewachsen. Ich arbeite in Dallas. Als Mathelehrerin in der Oberstufe.«

»Du bist nur im Sommer hier?«

»Ja.«

»Welche Verbindung hast du zur Schule in Top Hill?«

»Eigentlich keine.«

»Das ergibt keinen Sinn, Lady.«

»Ich bin aus Dallas, aber mein Herz hängt an Top Hill. Als Lehrerin gilt meine Sorge den Kindern dort. Ich möchte nicht, dass die Schule schließt, weil es nicht genug Kinder gibt, die sie besuchen. Die Kinder wären dann fast eine Stunde mit dem Bus unterwegs. Wahrscheinlich nach Duluth. Sie würden am Tag zwei Stunden verlieren. Zwei Stunden ihrer wertvollen

Kindheit würden pro Tag in einem Bus verschwendet werden. Ich habe das schon erlebt, und nichts Gutes ist dabei herausgekommen.«

»Und du hast beschlossen, einen persönlichen Feldzug dagegen zu führen.« Er hob eine Augenbraue und wartete.

»Ich möchte nicht zusehen, wie die Stadt ausstirbt. Wenn die Schule schließt, gehen auch diese Jobs verloren. Ich habe mit einer Menge Leute gesprochen, und sie machen sich Sorgen, aber die meisten sind zu sehr mit ihrer Arbeit und der eigenen Familie beschäftigt, als dass sie die Herausforderung annehmen würden.«

»Hast du einen Plan? Wie viel würde mich das kosten?«

Sie zögerte einen Augenblick. »Ich habe mich intensiv damit beschäftigt. Die Stadt braucht eine andere Art von Arbeitsplätzen. Solche, die Leute mit Kindern anziehen, die dann dort zur Schule gehen.« John sah, wie sie sich auf die Unterlippe biss und tief Luft holte, bevor sie fortfuhr. »Top Hill braucht ein Altenheim.«

John reagierte sofort mit Ablehnung, und mit dem nächsten Atemstoß platzte es aus ihm heraus: »Nein!«

Sarah rang die Hände. »Bitte … können wir nicht einfach darüber sprechen?«

John sah, wie sich ihre Finger verkrampften. Sie waren, bis auf den obszönen Ring, der ihre linke Hand zierte, schmucklos. Verdammt, wann hatte sie ihn bekommen? Hatte sie sich noch einmal mit dem Scheißkerl getroffen? Er konzentrierte sich auf ihre linke Hand. Es war kein auffälliger Ring, er war schmal und zierlich. Nein, der Ring selbst war nicht obszön, aber das, was er verkörperte. Die Tatsache, dass Sarah einem anderen Mann gehörte.

Vom Gefühl der Eifersucht umnebelt, stellte John eine schnelle Berechnung an. Was ihr vorschwebte, würde Millionen kosten und nicht nur die paar Tausender, um die er erwartet hatte, gebeten zu werden. Innerhalb weniger Sekunden wurde ihm jedoch klar, dass ihr Vorschlag Hand und Fuß hatte. Ihr schwebte ein Altenpflegeheim vor. Eine Langzeiteinrichtung würde dem Ort in der Tat Arbeitsplätze bringen. Es war ein guter Plan. Einer, um den man sich schon einmal bemüht hatte, der aber aufgrund fehlender Geldmittel nicht umgesetzt werden konnte. Aber warum zum Teufel sollte ausgerechnet er jetzt dafür zahlen?

Ehrlich gesagt hatte er kein Interesse an der Schule in Top Hill oder gar einem anderen Bezirk. Schulbildung war etwas, über das er sich nicht sehr viele Gedanken machte. Er war kein verdammter Held, und Angelegenheiten wie diese sollten lieber Leuten mit politischen Ambitionen überlassen bleiben. Leuten mit politischen Ambitionen oder Wohltätern, die die Welt retten wollten.

Er war nicht politisch motiviert und ganz sicher kein Weltverbesserer. Genau aus diesem Grund brauchte er eine Stiftung. Die Millioneninvestition, um die Sarah bat, war enorm, aber nicht undenkbar. Das Geld könnte er aufbringen, wenn er wollte, aber er wollte eben einfach nicht. Dennoch würde ihm ein Projekt solchen Ausmaßes die anderen Bittsteller für eine Weile vom Leib halten, und das konnte ein Bonuspunkt sein.

Doch der Hauptgrund, weshalb er sich dabei ertappte, das Ganze in Betracht zu ziehen, war Sarah selbst. Er hatte Pläne mit ihr. Pläne, die die Auflösung ihrer Verlobung und ihre nackte Haut auf seiner beinhalteten. Und mehr. Wann genau hatten sich seine Absichten ihr gegenüber geändert? Jedes Mal, wenn er sie sah, wurde das Verlangen, sie zu besitzen, stärker. Inzwischen bezweifelte er ernsthaft, dass dieses Verlangen verschwinden würde, nachdem er mit ihr geschlafen hatte. Sie jetzt nur anzuschauen rief in ihm den Drang hervor, sie zu berühren, sie an sich zu drücken. Er mochte dieses Gefühl nicht, aber er sollte verdammt sein, dagegen anzukämpfen.

Zunächst brauchte er Zeit, um sich eine Vorgehensweise zu überlegen. Dafür benötigte er ein paar Stunden. Doch offensichtlich musste er sie zuerst mit der Aussicht auf ein weiteres Treffen zwischen ihnen ködern. »Ich hole dich heute Abend ab. Wir gehen etwas essen und sprechen darüber.«

Sarah wurde schwindelig. Warum dieser Sinneswandel? Zuerst hatte er Nein gesagt, und jetzt war er bereit, darüber zu sprechen? Sie war nicht völlig bescheuert. Seine erste Reaktion war Ablehnung gewesen. War das hier nur eine Falle? Es war bestimmt eine Form von Folter. »Können wir nicht jetzt darüber reden?«

»Ich habe keine Zeit. Ich muss noch arbeiten. Heute Abend.«

»Aber …«

»Ich hole dich um fünf ab. Zieh etwas Bequemes an. Wir fahren nach San Antonio. Hier kann man nicht anständig essen gehen.«

Sarah wusste nicht, was sie sagen sollte. *Verdammt, nein* schien ihr angesichts der Millionen von Dollar, um die sie bat, nicht angemessen zu sein. »Ich will keine Umstände machen. Ich kann morgen wiederkommen oder wann immer du Zeit hast.«

»Ich habe heute Abend Zeit.«

»Ja, aber …«

»Sarah, entweder willst du das gottverdammte Geld oder nicht. Mir ist es wirklich egal. In einer Woche kommt ein anderer vorbei, der es für etwas anderes will. Wenn du willst, dass ich deinen Ausführungen zuhöre, dann heute Abend. Beim Essen.«

Sarah betrachtete ihn argwöhnisch. Sie hatte kein gutes Gefühl bei dieser Sache. Er war so verdammt scharf. Aber einen Abend lang konnte sie ihn sich sicher vom Hals halten. Zumindest so lang, bis sie herausgefunden hatte, ob er es wirklich ernst meinte. Würde er Top Hill das Geld geben? Oder wollte er bloß ihre Nerven strapazieren und ihr am Ende mitteilen, dass sie leider Pech gehabt hätte? Das würde er doch nicht tun, oder?

Sie traute es ihm zu. Er zeigte sich jetzt zwar von seiner besten Seite, hatte seine Zigarette ausgedrückt, ihr versprochen, sich mit ihrem Plan zu befassen, aber sie hatte ihn auch in Aktion erlebt. Der Gedanke daran, wie er ihre Hände gegen die Tür gedrückt hatte, fuhr ihr in den Magen und schreckte hektisch umherflatternde Schmetterlinge auf. *Du willst mich ficken.* Der Mann, der jetzt lässig an seinem Schreibtisch lehnte, hatte diese Worte tatsächlich zu ihr gesagt. Und dieser Mann wollte, dass sie in sein Auto stieg, fast einhundert Meilen mit ihm allein unterwegs war und noch etliche Stunden in seiner Begleitung verbrachte?

Was war geschehen? Vor noch nicht einmal einer Stunde hatte sie geglaubt, einen älteren Mann um die sechzig zu treffen, für den Menschenliebe einen noch höheren Stellenwert hatte als für sie selbst. Warum? Warum passierte gerade ihr das?

Ihr Zögern hatte offenbar zu lang angehalten, denn John begann zu sprechen, während er auf die Tür zuging. Warum verursachte jede seiner Bewegungen bei ihr das Gefühl, es mit einem Stalker zu tun zu haben? »Ich habe noch zu tun. Gib Beth die Wegbeschreibung zu deinem Haus. Das Navi hat da draußen keinen Empfang.«

Entsetzt stellte Sarah fest, dass sie die Hand ausstreckte und ihn am Arm berührte, um ihn zurückzuhalten, als er an ihr vorbei zur Tür rauschte. Ihre Finger fühlten harte Muskeln, und sie spürte die Hitze, die seinem Körper entströmte.

John erstarrte. Seine Augen blickten sie fragend an. Sarah öffnete den Mund und ihre leise gesprochenen Worte tönten dennoch laut in ihren Ohren. »Versprochen?«

»Was ist versprochen?« Seine Nasenflügel bebten und die Frage polterte tief aus seinem Inneren hervor.

»Versprichst du, mir wirklich zuzuhören? Versprichst du, es

tatsächlich in Betracht zu ziehen?« Jetzt, wo sie seine Aufmerksamkeit hatte, nahm sie ihre Hand von seinem Arm. Doch als sie es tat, streckte er sofort seine Hand aus und ergriff ihre. Sie nahm an, dass er die Verbindung zwischen ihnen erhalten wollte.

»Habe ich dich schon einmal angelogen?« Aufrecht und sie überragend stand er vor ihr, nur ein geringfügiger Abstand zwischen ihnen, während seine Finger sich mit ihren verflochten und sein Daumen ihren Handrücken streichelte. Sie fragte sich, ob ihm das überhaupt bewusst war.

Als sie in seine dunklen Augen blickte, kamen ihr all die barschen, unverblümten Dinge in den Kopf, die er zu ihr gesagt hatte. Nichts davon war gelogen gewesen. »Nein, das hast du nicht. Aber ein Rendezvous kann das nicht werden.« Sie hob ihr Kinn. In diesem Punkt würde sie nicht nachgeben. »Ich will, dass du das weißt. Es geht um die Schule. Aus keinem anderen Grund gehe ich mit dir aus.«

»Da scheinst du dir ja ziemlich sicher zu sein«, sagte er und näherte sich noch ein paar Zentimeter.

Um weiterhin Augenkontakt halten zu können, musste sie ihr Kinn noch weiter anheben. »Ich bin verlobt.«

»Im Moment.« Seine Worte klangen wie eine Herausforderung. Oder wie eine Drohung.

Sie holte tief Luft. Wie konnte man nur so arrogant sein? »Nein. Ich bin verlobt, bis ich heirate.«

Diese Worte trafen John wie ein unerwarteter Schlag in den Magen. Eigentlich sollte er sie jetzt sofort küssen, nackt ausziehen und so hart und schnell ficken, dass sie nicht mehr klar denken konnte. Doch er hielt sich zurück und senkte seinen Mund nicht über ihren, bevor er etwas anfing, das am Ende nur dazu führen würde, dass sie vor ihm davonrannte. Das konnte er nicht riskieren. Er wollte mehr als nur eine schnelle Nummer. Er wollte ihren Körper unter seinem … immer und immer wieder. Er wollte, dass sie zu ihm gehörte, dass ihr Körper nur für ihn allein da war. Ja, seine Beweggründe hatten sich auf jeden Fall geändert. Je reservierter sie sich gab, desto mehr war er hinter ihr her. Eines wusste er ganz genau. Wenn sie erst einmal ihm gehörte, würde er sie mit niemandem teilen. Allein der Gedanke, dass sie mit jemand anderem schlafen könnte, war inakzeptabel.

Die Vorstellung, sie läge mit dem unbekannten Verlobten oder irgendeinem anderen Kerl im Bett, empörte ihn so sehr, dass er es fast körperlich spürte. Es war ganz sicher gut, dass er nicht herausfinden konnte, wer der andere Mann war oder wo genau er wohnte. So musste es auch bleiben.

Doch es stand außer Frage, dass er dieses Mädchen aufgab. Ein starkes Gefühl purer Besitzgier erfasste ihn. Es war nur eine Frage der Zeit.

Er wollte, dass sie seine Geliebte wurde, und er musste sein Ziel im Auge behalten. Es gab für ihn keinen Zweifel, dass er sie für kurze Zeit zur Untreue verführen könnte, doch das war es nicht, was er wollte.

Er wollte, dass sie ihm allein und dauerhaft gehörte. Er wollte sie jede Nacht in seinem Bett haben und mit ihrem Körper machen können, was er wollte. *Er brauchte ihren Körper.* Dafür musste sie das Arschloch in Dallas fallen lassen. Das war der erste Schritt. Er war schon immer ein Stratege gewesen. Etwas, für das man nicht kämpfen musste, war es nicht wert, dass man es besaß. Deshalb würde er um Sarah kämpfen. Kein Problem. Er würde sofort damit beginnen. Allerdings konnte er es sich nicht verkneifen, sie zu berühren.

Sie war bewegungsunfähig, und John hob seine Hand und ließ die Finger durch ihr seidiges Haar gleiten. Er versuchte, sanfter vorzugehen, und legte seine Hand auf ihre Wange. Sie atmete schnell, und er stellte sich darauf ein, das Blaue vom Himmel herabzulügen, um ihre Nerven zu beruhigen. Versessen war er nicht auf diesen Schwindel, aber manchmal musste man einfach tun, was man tun musste. Und für sie, stellte er fest, *würde er fast alles tun.* »Du willst mein Geld und ich brauche mal wieder etwas zum Abschreiben. Sollte eine lohnenswerte Steuerabschreibung sein.« Er erlaubte sich einen kurzen Blick auf ihren bebenden Mund, bevor er wieder in ihre Augen sah. »Wir nennen das heute Abend Geschäftsessen, okay?«

Er spürte, wie sie ihr Gewicht von einem auf den anderen Fuß verlagerte und ein leichtes Beben durch ihren Körper ging. Vorfreude durchfuhr ihn. *Hab Geduld, Mann.* Die Neigung ihres Kinns signalisierte Entschlossenheit, und er hörte, wie ihre Stimme leicht zitterte, als sie antwortete. »Es ist ein Geschäftsessen.«

Verdammt, es war kein Geschäftsessen. Es hatte überhaupt nichts mit Geschäftlichem zu tun. »Allerdings. Rein geschäftlich, okay?« Er gab seiner Stimme einen unverfänglichen Klang. Er brauchte ihre Zustimmung und somit Gelegenheit, sie zu seiner Denkweise zu verleiten. Ein Schritt vor dem anderen.

»Okay.«

Die leise gesprochene Zustimmung erfüllte ihn mit Vorfreude und einem Siegesgefühl, doch er war vorsichtig und hielt seine Äußerung neutral. »Gut. Ich hole dich um siebzehn Uhr ab.«

****

Zehn Minuten später stand John im Hof in der Nähe der Scheune und sah zu, wie Sarah langsam in Richtung Straße fuhr. Er zog sein Handy aus der Tasche und rief Beth an. »Hat sie eine Beschreibung dagelassen, wie ich zu ihrem Haus komme?«

»Hat sie.«

»Gut. Ich brauche heute kein Abendessen.« Er beendete das Gespräch und zündete sich eine Zigarette an. Lieber den Tabak genießen, solange er es noch konnte. Ihm schwante, dass er für eine Weile auf das Vergnügen des Rauchens würde verzichten müssen. Offenbar hasste sie es, und er wollte sowieso damit aufhören.

Er stand unter einem Schatten spendenden Baum und blickte über seinen gepflegten Besitz, während er noch einige Male den Rauch einsog. Nach wenigen Augenblicken drehte er sich um und drückte die Zigarette aus. Tief in Gedanken versunken machte er sich auf den Weg zurück zum Haus. Er musste sich auf den heutigen Abend vorbereiten, brauchte Zeit, um im Internet ein paar grundlegende Dinge über ihre Vorschläge und was es kosten würde, tatsächlich ein Altenheim bauen zu lassen, herauszufinden. Nicht, dass er plante, das zu tun, aber er musste sie wenigstens glauben lassen, dass er interessiert war.

****

Sarah saß auf der alten Schaukel auf der vorderen Veranda und wartete auf John. Vor lauter Nervosität hatte sie das Gefühl, einen Knoten im Magen zu haben. Warum war sie so verängstigt und warum fühlte sie sich so verdammt schuldig? Die Angst, wurde ihr bewusst, kam direkt von der Schuld, die sie fühlte. Ergab das überhaupt einen Sinn? Sie hatte keine Angst vor John … also nicht ganz und gar. Die Beklommenheit, die er in ihr hervorrief, war eine andere Sache. Jetzt hatte sie jedoch Angst davor, dass sie etwas moralisch Falsches tun würde. Sie fürchtete sich davor, etwas zu tun, das eine Frau, die mit einem anderen Mann verlobt war, nicht tun sollte.

Je öfter sie John traf, desto erotischer wurde dieser Mann. Jedes Mal, wenn sie seine tiefe Stimme hörte, umhüllte sie seine sinnliche Aura und wurde immer stärker. Und jedes Mal, wenn sie an ihn dachte, beschlich sie verstohlen das Gefühl der Verlockung, sich ihm zu ergeben.

Während sie mit Randall verlobt war, sollte sie diese Gefühle nicht haben. Wenn sie Randall wirklich und wahrhaftig liebte, würde sie nichts für John empfinden.

Und das war der Moment, von dem an sie wusste, dass die Verlobung ein Fehler gewesen war.

Damals schien es eine gute Idee gewesen zu sein. Randall war ein erfolgreicher Anwalt, völlig entspannt und er hatte sie gern. Er war nicht wie der egoistische Greg, der versucht hatte, sie zu kontrollieren. Und sie bezweifelte ernsthaft, dass er sie betrügen würde, wie es ihr Exmann getan hatte.

Das war alles, woran sie gedacht hatte, als sie seinem Heiratsantrag zugestimmt hatte. Dass ihr Herz ganz sicher nicht mehr gebrochen werden würde und dass Randall sich um sie kümmern würde und vertrauenswürdig war. Ihre Beziehung war noch nicht von allzu langer Dauer, als sie sich aufgemacht hatte, um den Sommer in Top Hill zu verbringen, und er schien entschlossen gewesen zu sein, ihre Zustimmung einzuholen, bevor sie abreiste.

Doch jetzt wusste sie, dass das ein Fehler gewesen war. Sie drehte den Diamantring an ihrem Finger und hob die Hand, um die Strahlen der späten Nachmittagssonne darin einzufangen und den Stein funkeln zu lassen.

John war die Art von Mann, der sie verletzen würde. Er war noch viel draufgängerischer, als Greg es gewesen war.

Und er wollte sowieso nur mit ihr schlafen. Daraus hatte er keinen Hehl gemacht. Ihr einziger Kuss in dem Tanzlokal ließ sie ahnen, welche Art von Liebhaber er sein würde. *Fantastisch, aber rücksichtslos.* Er würde mit ihr schlafen, bis er ihrer überdrüssig wäre, und dann käme die Nächste. Männer wie er machten das immer so. Sie gingen zur nächsten Frau über. Garantiert besaß sie nichts, was ihn halten würde. Kurzum, er sah weit besser aus als sie. Sie konnte in seiner Riege keinesfalls mithalten und war somit im Nachteil.

John würde eine schnelle, zwanglose Affäre wollen, und für sie würde daran nichts Zwangsloses sein.

Wie kam es eigentlich, dass Männer immer meinten, Frauen sollten genauso gepolt sein wie sie? Warum glaubten sie, dass der Akt des Miteinanderschlafens, der Geschlechtsverkehr, zwanglos sein könnte? Vielleicht schor sie alle Männer über einen Kamm, fasste sie in einer einzigen Gruppe zusammen und räumte keinem von ihnen einen Vertrauensbonus ein. Deshalb hatte sie Ja zu Randall gesagt. Er schien anders zu sein. Irgendwie sanfter und netter. Aber sie liebte ihn nicht und glaubte auch kaum, dass es je dazu kommen würde. Sie mochte und respektierte ihn natürlich, aber Jaime hatte recht. Bei einer Heirat sollte vor allem die sexuelle Chemie zwischen den Partnern stimmen, und das war bei Randall und ihr nicht der Fall.

Sie musste ihn anrufen und ihre Beziehung beenden, bevor sich das noch mehr in die Länge zog. Sie musste so fair wie möglich zu ihm sein. Unabhängig davon, was mit John passierte oder nicht passierte, würde sie Randall gegenüber nicht unfair sein.

Sie holte tief Luft und fühlte sich ein bisschen besser. Immerhin hatte sie in ihrem Kopf eine Entscheidung getroffen. Das war ein Anfang.

****

Punkt siebzehn Uhr bog John mit seinem Cadillac-Escalade-Geländewagen in die Auffahrt ein. Sein Blick fiel auf das Haus und er entdeckte Sarah sofort auf der Verandaschaukel. Langsam war sie hin- und hergeschwungen, doch als sie sein Auto entdeckte, landeten ihre Füße auf dem Beton und stoppten die Schaukelbewegung. Er blieb im Auto sitzen und beobachtete, wie sie langsam aufstand.

Sie nahm eine kleine Tasche von einem Beistelltisch aus

Korbgeflecht und hängte sie schräg über ihre Schulter und Brust, als könne sie sich damit irgendwie schützen. Er saß hinter dem Lenkrad und ließ den Motor laufen, während sie auf ihn zuging. Von innen stieß er die Beifahrertür auf, die Sarah weit öffnete. Dann stand sie da, und ihre Hand spielte mit dem Träger der Tasche, während der Diamant an ihrem Finger die Sonnenstrahlen einfing und hell aufblitzte.

Johns Wut näherte sich dem Siedepunkt und seine Geduld hatte sich so gut wie in Luft aufgelöst. Heute Abend würde er ihr den verdammten Ring vom Finger ziehen. »Steig ein.«

Er wusste, dass seine Stimme derb klang, und das Zögern, das er ihr anmerkte, bestätigte es. Mitten im Einsteigen hielt sie inne. Ihr Fuß stand erst auf dem Trittbrett, als sie ihren Blick hob und ihn mit äußerster Vorsicht in den Augen ansah.

Er versuchte, seine Stimme zu kontrollieren, doch er wusste, dass es ein aussichtsloser Versuch war. »Steig in das verdammte Auto, Sarah.«

Er sah, wie sie ihre Lippen befeuchtete und tief Luft holte. Dann stieg sie ein, ließ sich auf dem noblen Ledersitz nieder und schloss die Tür.

Sofort betätigte er die Innenraumverriegelung.

Sie sah ihn an, und er beugte sich vor und zog den Sicherheitsgurt über ihre Schulter. Er fühlte das leichte Zittern ihres Körpers und wusste, dass sie sich fehl am Platze fühlte, sich vielleicht sogar fürchtete. Doch er konnte keine Anteilnahme aufbringen; seitdem er sie zum ersten Mal gesehen hatte, hatte sie ihn gereizt. Er war stocksauer wegen des Rings an ihrem Finger und verspürte das Bedürfnis, sie dafür zu bestrafen. Er ließ den Sicherheitsgurt mit einem vernehmbaren Klicken einrasten, hob ihr Kinn an und hielt es mit seinen Fingern hoch. »Du glaubst doch nicht, dass ich vorhabe, dich gleich wieder gehen zu lassen, oder?«

Der Laut des Verriegelungsmechanismus des Wagens, das

Klicken des Sicherheitsgurtes und der unangenehme Beigeschmack von Johns Handlungen versetzten Sarah in Alarmbereitschaft. Sie spürte die Wärme, die seinem Körper entströmte, als er sich über sie beugte. Sie atmete stoßweise, als seine schwieligen Finger durch ihr Haar strichen, und ihr Blick zeigte, dass sie in der Falle saß. Seine Worte waren eine verbale Drohung, die sie einschüchtern sollte.

Sie straffte ihren Rücken. Was zum Teufel war das für ein Spiel? Sie erwartete heute Abend irgendeine Scheißaktion von ihm, das war beinahe selbstverständlich, doch sie hatte auf keinen Fall so früh damit gerechnet. Sie hatten sich ja noch nicht einmal von ihrem Haus entfernt. Sie holte tief Luft und fauchte: »Was zum Teufel meinst du damit?«

Fest berührte sein Daumen ihre Unterlippe und Blitze durchbohrten sie. »Genau das, was ich gerade gesagt habe.«

Seine Worte sagten ihr nichts. Sie hatte keine andere Wahl, als dagegenzuhalten. »Du hast es versprochen. Du hast gesagt, wir würden darüber reden, wie die Schule weiterhin geöffnet bleiben kann.«

»Werden wir auch.« Seine Worte klangen jetzt geschäftsmäßig, doch er strich weiterhin langsam über ihre Unterlippe. »Du hast dir einen guten Plan ausgedacht. Bist du selbst darauf gekommen?«

Sein Kompliment löste ein unvermitteltes Gefühl von Freude in ihr aus, doch sie konnte das Verdienst für die Idee nicht für sich in Anspruch nehmen. »Überhaupt nicht. Es gibt zahlreiche Landkreise im Bundesstaat, die das Gleiche gemacht haben. Und es scheint zu funktionieren.«

»Wir werden beim Essen darüber reden.« Seine Worte klangen abweisend, und bevor sie zustimmen konnte, glitt seine Hand durch ihr Haar und er senkte seinen Mund auf ihren zu einem Kuss, der so umwerfend war, dass sie fast vergaß, wer sie war.

Er öffnete seinen Mund und spreizte ihre Lippen. Mit der Zunge drang er besitzergreifend ein und sie wurde von seiner sinnlichen Energie völlig überwältigt. Er schob sich ihr entgegen, als könne er nicht genug bekommen. Mit der Hand bog er ihren Kopf, damit der Kuss noch inniger wurde.

Sarah konnte keinen klaren Gedanken mehr fassen und befand sich in einem Schwebezustand, in dem sexuelles Bewusstsein tief sitzendem sexuellen Bedürfnis wich. Sie versuchte, den Kuss zu erwidern, doch alles, was sie wirklich tun konnte, war, auf ihrem Ledersitz zu sitzen und einen Kuss zu erleben, von dem sie wusste, dass er selten war. Extrem selten! Ihr Herz schlug wild, ihre Knie zitterten, und gerade als ihr bewusst wurde, dass sie jeden zukünftigen Kuss mit diesem vergleichen würde, hob John den Kopf.

Sein Blick verfing sich in ihrem, und sie merkte, dass sein Atem genauso schnell ging wie ihrer. Seine Hand hielt noch immer ihren Kopf und seine Stirn sank gegen ihre, während er tiefe Atemzüge nahm. Er sprach mit heiserer Stimme: »Ich brauchte das.« Die Worte klangen verlangend und fast hilflos in ihren Ohren und stürzten ihren bereits verminderten Denkprozess in noch größere Verwirrung.

Bevor Sarah überhaupt auch nur den Versuch unternehmen konnte, mit sich selbst ins Reine zu kommen, gab John ihr einen Kuss auf die Stirn, lehnte sich in seinem Sitz zurück und legte den Rückwärtsgang ein.

Er bog auf die ungepflasterte Kreisstraße ein, wo er langsam fuhr und beschleunigte, als er den asphaltierten Highway erreichte.

Erst nach gut zehn bis fünfzehn Minuten Fahrzeit begann Sarahs Verstand wieder zu funktionieren.

Und dann noch nicht einmal gut.

Sie war nur noch ein totales Nervenbündel, wusste aber eines genau. Sie steckte tief in der Scheiße. Diese kurze Umarmung im Tanzlokal hatte sie nicht auf die Schlagkraft vorbereitet, die John Garretts Kuss bereithalten konnte, wenn er es darauf anlegte.

Sie würde diesen zwischen ihnen tobenden sexuellen Kampf verlieren. Das war ihr plötzlich klar. Es gab nur noch zwei Fragen. Wusste er, dass sie verlieren würde? Und wie lang konnte sie noch durchhalten?

Sarah war in ihre eigenen Gedanken versunken, und in der Stille fiel ihr auf, dass er ebenfalls in seine versunken war. Sie drehte ein wenig den Kopf und beobachtete ihn. Sein Blick war auf die Straße gerichtet, seine Kiefer zusammengepresst und sein Profil scharf. Er sah so angespannt aus, wie sie sich fühlte. Woran dachte er?

Als sie ungefähr fünfzig Meilen außerhalb der Stadt waren, praktisch im Nirgendwo, bog er auf einen einsamen Rastplatz ein. Sarah sah sich besorgt um. Das war kein Rastplatz, auf dem Reisende haltmachten, um von den Toiletten Gebrauch zu machen oder etwas aus einem Verkaufsautomaten zu ziehen. Das hier war nur eine kleine Haltebucht für gerade mal zwei Fahrzeuge mit einem Picknicktisch und einem Mülleimer.

Hier war niemand. Ihr Auto war das einzige weit und breit, und obwohl es noch nicht dunkel war, sank die Sonne zusehends und der Einbruch der Dunkelheit stand bevor. Sarah befiel leichte Panik.

John hielt an, brachte den Wagen in Parkposition und ließ den Motor laufen. Er legte beide Arme über das Lenkrad, drehte den Kopf und sah Sarah direkt an. Misstrauisch wendete sie sich ihm zu und drückte ihren Rücken gegen die Tür. Seine Haut zog sich stramm über die Wangenknochen und seine Nasenflügel weiteten sich beim Anblick ihrer defensiven Haltung.

Einen Moment lang sah er sie still an und sagte dann mit tiefer, ruhiger Stimme: »Ich weiß, dass du den Kuss genossen hast.«

Sie versuchte erst gar nicht zu widersprechen. Es wäre zwecklos gewesen. »Das darf nicht noch einmal passieren.« Selbst als sie die Worte aussprach, wusste sie, dass sie nur ein Versuch waren, das Unvermeidliche hinauszuzögern.

Er ignorierte sie, als hätte sie nichts gesagt. »Hier stehen zwei Themen zur Debatte. Zum einen das Persönliche, Sexuelle zwischen uns und zum anderen das Geschäftliche mit dem Altenheim. Ich würde vorschlagen, wir behandeln beide Themen separat.«

Sarah wehrte sich. »Zwischen uns gibt es nichts Persönliches, Sexuelles. Ich bin verlobt.«

Er warf ihr einen vernichtenden Blick zu. »Versuch diesen Scheiß erst gar nicht mit mir, Sarah. Ich sage dir, dass ich denke, wir sollten diese beiden Dinge auseinanderhalten. Ich glaube, dass ich das kann. Jetzt frage ich dich, ob du das auch kannst?«

Sie verschränkte die Arme über ihrer Brust und kniff die Augen zusammen. »Ja.«

»Ich werde dich beim Wort nehmen.«

»Gut«, antwortete sie mit ruhiger Stimme.

Er blickte auf ihre Hand. »Hast du ihn wiedergesehen?«

Sie sah ihn misstrauisch an. »Nein.«

»Wo kommt dann der Ring her?« Er versuchte erst gar nicht, sich in den Griff zu bekommen, und wusste, dass er besitzergreifend klang.

»Durch UPS.«

Sarahs Antwort bewirkte, dass er sich ein kleines bisschen entspannte, während er sie weiterhin durch den sich verdunkelnden Innenraum des Wagens anschaute. »Du weißt, dass ich dir nie etwas antun würde?«

Sarahs Herz setzte einen Schlag lang aus und holte dann mit einer Geschwindigkeit auf, die viel zu wild war. *Was zum Teufel meinte er damit? Warum zum Teufel fragte er sie so etwas?* Wenn diese Frage sie beruhigen sollte, war er kläglich gescheitert. Seine

Worte hatten die gegenteilige Wirkung. Sämtliche Farbe wich aus ihrem Gesicht, während sie ihn von ihrer Seite des Autos aus weiterhin musterte.

Blitzartig streckte er die Hand aus, schnappte ihr linkes Handgelenk, zog es von ihrem Körper weg und hielt ihren Arm mit einem Griff hoch in die Luft, der sie unterwerfen und ihm gefügig machen sollte. »Zieh den Ring ab, Sarah.«

Angst und Schrecken durchfuhren sie. »Nein.« Sie würde ihre verdammte Verlobung lösen, wann und wie sie wollte – und nicht, wenn er es forderte.

Er verstärkte seinen Griff um ihr Handgelenk und sein Gesicht näherte sich ihrem. »Zieh den verdammten Ring ab. *Jetzt.*«

»Nein.«

»Ich finde es total beleidigend, dass du mich so leidenschaftlich geküsst hast und dann noch diesen verdammten Ring von einem anderen Mann trägst!« Er schleuderte ihr die Worte entgegen.

»Ich habe dich nicht geküsst. Du hast mich geküsst!«

»Du hast mich zurückgeküsst.«

»Nein. Habe ich nicht!«

Er streckte die Hand aus, ergriff ihr anderes Handgelenk und hielt ihre Arme in die Höhe. Sein Gesicht kam bis auf wenige Millimeter an ihres heran. »Du willst also mehr Beweise?« Seine Stimme war leise, aber voller Intensität.

Sarah rang nach Luft. Großer Gott, sie konnte nichts machen. Er war ihr körperlich überlegen und sein Geruch war überall, berauschte sie und verführte sie dazu, etwas Dummes zu tun. Noch nie in ihrem Leben hatte sie jemanden wie ihn getroffen, und in diesem Moment war ihr klar, dass das auch nie wieder passieren würde.

John erfasste beide Handgelenke mit einer starken Hand, löste Sarahs Sicherheitsgurt und zog sie zur Mitte des Sitzes, bis sie über der Mittelkonsole hing. Ihr beider Atem ging stoßweise, als sie sich gegenseitig in die Augen sahen. Langsam und gezielt ergriff er ihre Brust. Er drückte sie fest und strich mit seinem Daumen über ihre Brustwarze, bis sie sich gegen ihren Willen aufrichtete und Sarah nach Luft schnappte.

Seine Lippen landeten auf ihrem Mund, und während sie versuchte, zu Atem zu kommen, drang seine Zunge ein und umschlang ihre.

Dann wanderte sein Mund zu ihrem Ohr. Noch immer hielt er sie fest. »Bei ihm fühlst du nicht, was du bei mir fühlst. Wenn du es tätest, wärst du bei ihm in Dallas.« Er zupfte mit den Zähnen an ihrem Ohrläppchen, und Sarah fühlte, wie sich geballte Erregung von ihrem Ohr über ihre Brüste bis zwischen ihre Schenkel ausbreitete.

Ihr Atem vermischte sich mit seinem und sie keuchten beide auf. Dann kam sein Mund zurück zu ihrem. Sarah konnte seinen Kuss nicht länger abweisen und öffnete die Lippen, um mit ihm eine Verbindung einzugehen, die intimer war als alles, was sie zuvor erlebt hatte.

John ließ ihre Brust los und Sarah wimmerte dem Verlust der Liebkosung nach. Dafür zog er ihre linke Hand heran, und als sich sein Mund von ihrem löste, begann er den Ring von ihrem Finger zu ziehen.

Ihre Hände zitterten, und sie versuchte, eine Faust zu machen. Doch dazu war sie nicht fähig. Ihre Energie war verschwunden, ihre Hände zitterten so sehr, dass sie sie nicht mehr unter Kontrolle hatte.

»Gib mir den Ring, Baby«, schmeichelte er. »Du gehörst ihm nicht.« Er sah auf ihre Hand und spreizte ihre Finger auseinander. Der Ring lag nicht eng an und glitt mühelos von ihrem Finger.

Er hielt ihn zwischen Daumen und Zeigefinger vor Sarahs Gesicht. Sarah benetzte ihre trockenen Lippen und blickte John misstrauisch an. Ihr Körper zitterte.

»Die Verlobung ist vorbei. Verstanden?« Er forderte eine Antwort, und Sarah fühlte sich, als würde sie gleich über einen Abhang stürzen. Sie brauchte diese Verlobung, wenn auch nur als Puffer zwischen John und sich. Aber sie wusste, dass das Randall gegenüber nicht fair war. Doch sie brauchte etwas, um sich John noch etwas länger vom Leib zu halten. Offenbar sollte ihr das nicht vergönnt sein.

»Ich muss es ihm sagen.«

Bei diesen Worten fühlte sich John von einer Zentnerlast befreit. Mit sicherem Griff öffnete er das Handschuhfach und warf den Ring hinein. Er achtete darauf, dass sein Gesicht ausdruckslos blieb, und sah Sarah wieder an. »Ja, du musst es ihm sagen. Mach das gleich morgen, und dann wirst du nicht mehr mit ihm sprechen, verstanden?«

»John, ich …«

Seine Hände fassten ihre Oberarme und packten fest zu. »*Du wirst nicht mehr mit ihm reden.* Keine SMS, gar nichts. Ihr werdet nicht versuchen, Freunde zu bleiben. Du beendest das mit einem sauberen Schnitt. Genauso wird es sein.«

»Du hast nicht das Recht, mir vorzuschreiben, wie ich mein Leben führe oder mit wem ich befreundet sein darf.«

»Ich werde dich mit keinem teilen. Und ich werde dich ganz sicher nicht mit einem Exverlobten teilen.«

»Es gibt nichts zu teilen, weil ich dir nicht gehöre.«

Er hielt sofort mit fester Überzeugung in der Stimme dagegen. »Wirst du aber bald.«

Er beobachtete, wie sie die Luft einsog und begann, sich aus seinen Händen zu winden, die sie noch immer festhielten.

Es reichte, dass er ihre Zustimmung hatte, die Verlobung zu beenden. *Es reichte für den Moment.* Er ließ sie los und schob sich wieder auf seinen Sitz zurück. Als sie von der Konsole zurückwich, legte er den Gang ein und schickte sich an weiterzufahren.

Er warf ihr einen letzten Blick zu, streckte die Hand aus und drehte ihr zartes Gesicht zu sich. Er strich nur ein einziges Mal mit den Fingerspitzen über ihre Lippen. »Schnall dich an.«

****

Sie saßen sich in einer dunklen Ecke eines Restaurants an San Antonios berühmtem River Walk gegenüber. Sarah hatte die Touristenattraktion nur einmal vor vielen Jahren besucht, war aber nie in diesem Restaurant gewesen.

Sie waren vor ungefähr einer Stunde angekommen, und seitdem hatte ihr John mit einem höchst zufriedenen Gesichtsausdruck gegenübergesessen. Auf dem Tisch stand eine Flasche Weißwein, doch sie nippten nur an ihren Gläsern, während sie aßen, jeder aus einem anderen Grund. Sarah musste unbedingt einen klaren Kopf bewahren und nahm an, dass John nicht viel trank, weil er wieder nach Hause fahren würde.

Seitdem sie Platz genommen hatten, war lediglich geplaudert worden. Nichts weiter als harmloser Smalltalk, seitdem der Kellner die Bestellungen aufgenommen und das Essen gebracht hatte. Sarahs Hände zitterten, als sie an ihrem Weinglas herumfingerte und sich darauf konzentrierte, das Gespräch auf das Thema zu lenken, das der Grund für ihren Restaurantbesuch war. »Ich habe mal ein paar Berechnungen angestellt.«

»Ach ja?« Johns Stimme klang ausdruckslos.

»Ja.«

»Und?«

Sie tat einen Atemzug und hielt die Luft an. »Es wird einige Millionen kosten.«

»Das ist mir klar, Süße.« Sein Ton war sanft, doch sie glaubte, dass dies nicht seine inneren Gefühle widerspiegelte.

»Es ist eine gute Idee. Ich weiß, dass du in einer anderen Stadt wohnst, aber möglicherweise erinnerst du dich noch an die große Abstimmung über öffentliche Schuldverschreibungen vor ein paar Jahren.«

»Ja, ich erinnere mich. Hat sich aber keine Mehrheit gefunden.«

»Nein, offensichtlich nicht. Aber es war eine gute Idee. Top Hill ist ein Städtchen mit niedrigem Pro-Kopf-Einkommen. Deshalb fand sich keine Mehrheit. Die Wähler hätten einen Anstieg der Steuern nicht verkraftet. Aber ich verspreche dir, mein Plan wird funktionieren.«

»Vielleicht. Aber auf privater Ebene wäre das nicht zu bewältigen. Hast du eine Vorstellung davon, was du dir da vornehmen würdest? Die örtliche Baubehörde, die Baugenehmigungen, die benötigt würden?«

»Ja, das ist mehr, als eine Person stemmen kann. Und es ist mehr, als ich schaffen kann, bevor ich nach Dallas zurückgehe.«

Sarah fiel auf, wie mürrisch John guckte. Als der finstere Blick sein Gesicht überschattete, wurde seine komplette Haltung bedrohlich. Kam das nur, weil sie Dallas erwähnt hatte? Der Typ war ein Mysterium, das war sicher.

»Erkläre mir, warum ich das finanzieren sollte«, sagte er in ärgerlichem Tonfall und nippte an seinem Wein.

»Wie du bereits sagtest, ist es eine lohnende Steuerabschreibung. Und es wäre gut für die Stadt …«

»Ich lebe in einer anderen Stadt«, hielt er dagegen.

»Ja, aber es wäre gut für die Kinder …«

Er unterbrach sie erneut. »Eigentlich wäre es besser für meine Stadt, wenn die Schule in Top Hill ganz und gar schließen würde. Die Kinder müssten dann mit dem Bus nach Duluth gebracht werden und wir bekämen die Einnahmen.«

»Ja, aber …«

»Erkläre mir mal, wie ich dieses Projekt finanzieren und dabei nicht meinen eigenen Freunden und Nachbarn in den Rücken fallen soll?«

»Ihnen in den Rücken fallen?«

»Ja. Wieso ist es gut für mich, mein Geld in deine Schule, in deinen Ort zu stecken?«

»So habe ich das noch gar nicht gesehen. Ich glaube trotzdem nicht, dass Duluth ein gutes Werk für Top Hill schaden würde. Duluth hat die Einkünfte jetzt nicht und braucht sie auch gar nicht.«

»Die Einwohner von Duluth werden das so aber nicht sehen. Sie werden sehen, dass ich mein Geld woanders ausgebe, obwohl es doch zu Hause besser angelegt wäre.«

Sarah beobachtete ihn ruhig und versuchte, ihn an seiner empfindlichsten Stelle zu treffen, seinem Ego. »Du siehst nicht aus wie ein Mann, der sich von anderen vorschreiben lässt, wie er sein Geld auszugeben hat.«

»Netter Versuch, Baby, aber *du* versuchst mir gerade zu erzählen, wie ich mein Geld ausgeben soll, nicht wahr?«

»Was soll ich sagen?«, fragte sie ihn leise.

»Ich möchte einen Grund hören, weshalb ich mein Geld für Top Hill ausgeben soll.« Er schob sein Weinglas von sich und nahm einen Schluck Wasser, während er auf ihre Antwort wartete.

Sie zögerte nur kurz. »Weil es das Richtige ist.«

»Damit ist es nicht getan, Sarah.«

Erregt hob sich ihr Brustkorb. »Du hast mir gesagt, dass du darüber nachdenken würdest.«

»Ich denke darüber nach, aber ich bekomme einfach keine Fakten von dir.«

»Ich weiß nicht, was ich dir erzählen soll! Die Stadt wird aussterben, wenn nichts unternommen wird.« Sie machte eine Pause und forschte in seinem Gesicht. »Bitte. Ich möchte nicht, dass das passiert. Ich möchte nicht, dass die Einwohnerzahlen schrumpfen und der Ort zu einer Geisterstadt wird. Ich möchte …«

»Und wie sieht's aus mit dem, was *ich* möchte?«, fragte er geradeheraus.

Er fing Sarahs Blick auf und hielt ihm stand. Seine Augen versprühten ein wildes, inneres Feuer. Sie waren stechend, taxierend, als ob er ein Geheimnis kannte, das ihr verborgen blieb. Ein Geheimnis, das ihr nicht gefallen würde.

Sarah erstarrte unmerklich und setzte sich aufrechter hin. »Was willst du?«

Sie hielt still, während er über den Tisch hinweg ihre linke Hand ergriff, sie anhob und seine Finger mit ihren verschränkte, bis ihre Handflächen sich berührten. Sein Griff wurde einem rhythmischen Muster folgend erst fester, dann lockerer, dann wieder fester, wodurch lustvolle Flammen durch sie hindurchzüngelten und eine Million Schmetterlinge in ihrem Bauch aufscheuchten.

»Zuerst möchte ich, dass du begreifst, dass ich bereits mehr als meinen gerechten Anteil für wohltätige Zwecke spende. Genug, um mein Gewissen zu beruhigen, und mehr, als sogar die ehrenwerten Kirchenleute von mir erwarten. Und du sollst wissen, dass der einzige Grund, der *einzige* verdammte Grund, weshalb ich überhaupt darüber nachdenke, ist, weil du mich darum gebeten hast.«

»Aber … ich dachte, wir wollten … die Dinge … voneinander … getrennt halten.«

»Das tun wir doch«, sagte er nachdrücklich.

»Aber ich verstehe nicht …«

»Wir halten die Dinge so weit wie möglich voneinander getrennt«. Er hielt inne und rieb mit seinem Daumen über die Stelle an ihrem Finger, wo vorher der Ring gesessen hatte. »Aber es ist nach wie vor so, dass ich dich aus meinem Büro gejagt hätte, wenn du nicht du, sondern jemand anderes gewesen wärst.«

Sie schloss die Augen. »Nein, ich möchte nicht, dass es so ist. Sag nichts mehr.«

Er ignorierte ihre Bitte und redete weiter. »Wir müssen Zeit gewinnen. Hast du herausgefunden, wie lang Top Hill noch so weitermachen kann wie jetzt?«

Sie versuchte, sich auf seine Frage zu konzentrieren, und dachte gründlich darüber nach. »Drei oder vier Jahre vielleicht.«

»Okay.« Er rieb weiter seinen Daumen in kreisenden Bewegungen über ihre Haut. »Wir werden folgendermaßen vorgehen. Wir stellen das erst mal eine Weile zurück. Lernen uns ein bisschen besser kennen …«

»Nein, bitte …«

»*Sarah.*« Der Klang seiner Stimme enthielt eine Warnung, und ihr Blick riss sich von seinen Fingern auf ihrer Hand los und richtete sich wieder auf sein Gesicht. »Wenn ich das Geld jetzt aushändige, wärst du beleidigt, weil es aussähe, als wäre es die Bezahlung für Sex, und das würde niemals funktionieren.«

John sah, wie sämtliche Farbe aus ihrem Gesicht wich und sie gleichzeitig versuchte, ihre Hand freizubekommen. Doch seine Finger umklammerten sie und hielten sie fest.

Sie sah ihn über den Tisch hinweg ruhig an. »Ich werde keinen Sex mit dir haben.«

»Wirst du doch. Und zwar bald.«

»Nur weil ich zugelassen habe, dass du den Ring von meinem Finger gezogen hast, bedeutet das nicht …«

Mit rücksichtsloser Absicht drückte er ihre Finger zusammen. »Doch. Es bedeutet verdammt noch mal etwas. Du musst das jetzt sofort in deinen Kopf kriegen. Ich habe es satt, dass du das Unabwendbare leugnest, und lasse nicht zu, dass du dieses beschissene Mimosenspielchen mit mir spielst. Wenn du das ganze Jahr über hier wohnen würdest, ließe ich dich vielleicht mit diesem Mist durchkommen. Aber so ist es nicht, Baby. Du läufst nicht sechs oder acht Wochen vor mir davon, und dann, wenn du mich schließlich süchtig gemacht hast nach deiner süßen kleinen Muschi …«

»*Oh mein Gott!*«

»… wenn du mich schließlich süchtig nach dir gemacht hast, dann stehst du auf und gehst. Schwachsinn! Das wird nicht passieren. Glaub nicht, dass du mich unter Kontrolle hast. Das hast du nämlich nicht.«

»Wer hat dich denn erzogen?« Sie zog kräftig, aber möglichst unauffällig und ohne die Aufmerksamkeit der anderen Gäste auf sich zu lenken, ihre Hand weg. »Wer hat dir in deinen arroganten, selbstgefälligen Schädel gehämmert, dass du Frauen ungestraft so behandeln darfst, wie du es tust?«

Es gelang ihr schließlich, ihm ihre Hand zu entziehen. Er lehnte sich auf seinem Stuhl zurück, verschränkte die Arme vor der Brust und starrte sie ununterbrochen mehrere lange Momente an. »Ich behandle Frauen nicht so.« Sein Blick wanderte über ihr Gesicht und fiel dann auf ihre Brust. »Nur dich.«

»Nur mich?« Ihr Atem ging unregelmäßig. »Soll ich mich jetzt geschmeichelt fühlen?«

Er zuckte mit den Achseln. »Du sollst gar nichts fühlen. Ich erzähle dir nur, wie es sein wird. Ein paar verd… ein paar Mal mit dir reichen mir nicht. Wir werden Zeit brauchen, das seelisch zu verarbeiten.«

»*Das seelisch zu verarbeiten?*«, fragte sie ungläubig.

»Ja.«

Sie drehte den Kopf weg von ihm und murmelte vor sich hin: »Oh mein Gott. Lieber Gott, hilf mir.« Dann sah sie ihn wieder an. »Du glaubst, du kommst ungestraft davon, weil du reich bist, richtig? So verdammt reich und gutaussehend, dass du mit allem ungestraft davonkommst.«

Er sah sie einen langen, hitzigen Moment an, bevor sich seine Lippen zu einem Lächeln verzogen. »Du meinst also, dass ich gut aussehe?«

Sarah starrte ihn einen Augenblick an, bevor sie etwas herausbrachte: »Das ist alles, was dir auffällt?«

»Mir fällt auf, dass du *extrem* sexy bist«, feuerte er zurück.

Sie riss die Augen auf, als sie begriff, was er gesagt hatte. Sie wusste absolut nicht, was sie davon halten sollte. Sie war sprachlos. Er war nicht nur maßlos arrogant und egoistisch. Er brachte sie zur Weißglut, trieb sie in den Wahnsinn, war total inakzeptabel und gleichzeitig unfassbar sexy. Was zum Teufel sah sie in ihm? Er war eingebildet, herrschsüchtig, obszön und unkultiviert. Und offenbar war sie die dümmste Frau auf diesem Planeten, denn sie erwog ernsthaft, etwas mit ihm anzufangen. Sie wollte so sehr mit ihm schlafen, dass sie kaum noch einen klaren Gedanken fassen konnte. Es war diese angeborene Arroganz. Er war ein Bad Boy. Und sie fühlte sich zu ihm hingezogen. Mehr als nur das. Sie hatte angefangen, ihn zu begehren. Es musste sein selbstbewusstes Auftreten sein. Die Art, wie er in seinen Stiefeln ging. Diese abgewetzten, staubigen Stiefel, von denen sie wusste, dass er sich bessere leisten konnte.

Ihre Gedanken waren zusammenhanglos, als sie weiterhin mit sich selbst diskutierte.

Warum sollte sie nicht mit ihm schlafen? Es wäre zwar ein bisschen nuttig, aber hey, man lebte nur einmal. Und nur einmal wollte sie tun, was *sie* wollte. Er sah zweifellos aus, als wäre all diese Arroganz gerechtfertigt. Er wusste wahrscheinlich, wie man eine Frau zum Höhepunkt brachte und vermutlich auf mehr als eine Art. Eigentlich hatte sie nie mit jemandem nur aus Spaß an der Freude Sex gehabt. Sie hatte immer gewartet, bis sie glaubte, dass er etwas bewirken würde. Außerdem hatte sie nicht so viele Partner gehabt. Eigentlich sehr wenige. Sie hatte spät angefangen, und nachdem sie sich durch ihre Heirat die Finger verbrannt und eine herzzerreißende Fehlgeburt durchgemacht hatte, konnten ihr Männer für lange Zeit gestohlen bleiben.

Ja, wieder einmal drängte sich ihr der Gedanke auf, dass sie diesen Kampf höchstwahrscheinlich verlieren würde.

Aber warum sollte sie ihn das so früh wissen lassen? Warum ihm verzeihen? Seine absolute Arroganz und Obszönität verdienten es, ihn zu demütigen.

Sie war im Begriff, etwas zu sagen, das ihm nicht gefallen würde. Sie hielt nichts davon, in einer Beziehung Spielchen zu spielen, aber er hatte gar nicht die Absicht, eine Beziehung zu führen. Und obwohl sie jetzt ganz sicher wusste, dass sie das Telefonat führen musste, das ihre Verlobung beenden würde, unterstellte sie John Garrett eine absolute Beziehungsunfähigkeit.

Sie holte Luft und bereitete sich darauf vor, ihn mit Worten zu bestrafen. »Du bist mit Abstand der rüpelhafteste und hochnäsigste Mann, dem ich je begegnet bin. Danke, dass du mich daran erinnerst, welch ein Gentleman Randall ist. In deinem Auto möchte ich meinen Ring zurückhaben.« Eigentlich war nichts davon gelogen. Randall war ein Gentleman, und sie beabsichtigte dafür zu sorgen, dass er seinen Ring zurückbekam.

John sah sie mit zusammengekniffenen Augen über den Tisch hinweg an. Er glaubte ihre Drohung keine Sekunde, und es stank ihm gewaltig, dass sie versuchte, ihn zu manipulieren. Er versuchte, die Wut zu dämpfen, die in ihm aufloderte. »Du bist aber ziemlich mutig, Süße, oder?«

Eine Gefühlsregung, die er nicht bestimmen konnte, funkelte eindringlich in ihren Augen, und er beobachtete sie so genau, dass er mitbekam, wie sie einen tiefen Atemzug nahm und die Luft anhielt. Die Spannung zwischen ihnen stieg, als sie seine Frage nicht beantwortete. Sie atmete nun flach, und er glaubte, dass sie nur knapp seinem Blick standhielt. Er verkniff sich den Rest dessen, was er eigentlich sagen wollte, denn sie sah bereits angeschlagen genug aus. Es gab keinen Grund, diese Diskussion im Restaurant weiterzuführen. Mit den ganzen Leuten um sie herum konnte er nicht sagen, was er wollte, und seiner Wut über Sarahs Verhalten nicht den nötigen Ausdruck verleihen.

Er fing den Blick des Kellners auf, gab ein Zeichen, dass er die Rechnung wollte, und ließ einen Geldschein auf dem Tisch zurück, der den Wert des Essens überstieg. John schob seinen Stuhl zurück, ging um den Tisch herum, legte seine Hand in Sarahs Nacken und presste hervor: »Gehen wir.« Er versuchte, den rauen Klang in seiner Stimme und den Druck auf ihren Nacken zu kontrollieren, doch es war eine aussichtslose Sache, denn er hatte sie bereits fest im Griff.

Viertes Kapitel

Sarah saß auf ihrem Stuhl, während ihr Puls in die Höhe schoss. Er hatte ihren Versuch durchschaut, ihn zu brüskieren, und jetzt tauchte seine große Gestalt über ihr auf und seine Hand in ihrem Nacken war mehr als eine subtile Herausforderung; es war eine Drohung. Da war etwas an der Art, wie er sie wieder »Süße« nannte, obwohl er wusste, dass sie es hasste. Und da gab es auch etwas, das er nicht sagte. Etwas, das nach seiner Frage hätte kommen müssen, etwas, das ungesagt geblieben war. Irgendetwas war da … vielleicht eine Drohung, vielleicht ein Ultimatum.

Der Griff in ihrem Nacken wurde fester, und wenn sie keine Szene machen wollte, dann hatte sie keine andere Wahl, als aufzustehen und sich von ihm aus dem Restaurant führen zu lassen. Sie wusste, dass für jemanden, der zufällig zu ihnen herübersah, der Griff lediglich nach einer Liebkosung aussah.

Aber sie wusste, dass es anders war.

Sie hatte ihn verärgert und er rächte sich dafür, indem er sie aus der sicheren Umgebung des Restaurants fortschaffte. Sie war nicht richtig verängstigt, doch zweifellos gespannt, wie sein nächster Schritt aussehen würde, und wartete ein bisschen besorgt darauf.

Es war schon spät, als sie das Lokal verließen. Die Fahrt nach San Antonio hatte über eine Stunde gedauert. Vor dem Abendessen waren sie noch auf dem River Walk spazieren gegangen, und jetzt, wo die Nacht voranschritt, waren keine Menschenmengen mehr unterwegs und die Bürgersteige bei Weitem nicht so bevölkert, wie Sarah es sich gewünscht hätte.

Er nutzte diese Tatsache sofort aus. Sie waren noch keine fünfzig Meter weit gegangen, als er sie weg vom Ufer und hinein in einen dunklen, engen Gang zwischen zwei Gebäuden zog.

Er presste sie gegen die rauen Backsteine und überragte sie in der Dunkelheit bedrohlich. Seine Hände landeten zu beiden Seiten ihres Kopfes, und sein Oberkörper drängte sich auf ihren zu, bis nur noch wenige Zentimeter zwischen ihnen lagen. Eigentlich berührte er sie nicht, hielt sie aber dennoch gefangen.

»Fang nicht an, mich zu belügen, Sarah«, drang ein zornig geflüstertes Zischen an ihr Ohr.

Ihr Herz hämmerte gegen ihre Brust, doch es gelang ihr, ihre außer Kontrolle geratenen Gefühle in den Griff zu bekommen. »Wann habe ich gelogen?«, fragte sie ihn resolut. Streitlustig presste sie die Kiefer aufeinander und drückte sich gegen das Gebäude, um Abstand zwischen sich und ihn zu bringen.

»Du weißt, was du gesagt hast. Du hast angedeutet, du würdest mit dem Weichei zusammenbleiben. Du hast angedeutet, du würdest den verdammten Ring zurück an deinen Finger stecken.« Er hob sein Gesicht von ihrem Ohr und sah ihr direkt in die Augen. »Obwohl wir beide wissen, *dass das nicht passieren wird.*«

Er ragte über ihr auf, ungeniert männlich und mit eisiger Verachtung in der Stimme. Alles in Sarahs Kopf drehte sich. Johns Duft war überall um sie herum. Ein berauschender, süchtig machender Geruch, der sie dahinschmelzen ließ. Sie hasste seine Arroganz, konnte aber die sexuelle Anziehungskraft nicht leugnen. Die konnte sie vor sich selbst nicht leugnen, aber sie würde sie ihm gegenüber leugnen. »Es ist nicht …«

Sein Kopf schoss herab, und ihre Worte wurden von seinen Lippen abgeschnitten, die sich auf ihre pressten. Seine Zunge tauchte tief in ihren Mund ein, und seine Hände packten ihre Oberarme, um sie an sich zu reißen. Sarahs Gedanken schwanden dahin und erloschen, als heißes, starkes Verlangen ihren Körper ergriff und ihr Gehirn lahmlegte.

Johns Hände lösten sich von ihrer Haut. Eine umfasste ihre Taille und schob sie zu ihm, während die andere zwischen sie beide rutschte, ihre Brust ergriff und begann, sie zu kneten. Er küsste sie wie ein Sterbender, als ob er ausgehungert wäre und nur sie, sie allein, könnte ihn retten.

Ihre Lippen schmiegten sich aneinander und ihre Zungen umschlangen sich, während die Erregung zwischen ihnen zunahm. Seine Hand verließ ihre Brust und umschloss Sarahs Gesicht. Sie konnte nicht atmen, bekam nicht genug Sauerstoff und zog ihren Mund unter seinem weg, drehte ihr Gesicht zur Seite und schnappte nach Luft. Sein Mund näherte sich ihrem Ohr, während er ihr Haar zurückstrich. »Ich will dich, Sarah. Du machst mich verrückt. Du hast mich verrückt gemacht, seitdem ich dich das erste Mal getroffen habe.« Seine Stimme war ein heiseres Knurren in ihrem Ohr und ließ ihr Inneres erbeben.

Sie konnte nicht sprechen, konnte keine Worte formulieren und stellte dann fest, dass eine Antwort gar nicht nötig war, denn er zog ihren Mund zu seinem und küsste sie erneut voller drängendem Verlangen. Noch nie zuvor war sie so geküsst worden, mit einer solchen unnachgiebigen Leidenschaft. Er verschlang sie, nahm von ihr, was er brauchte, sog ihren Atem auf, ihr Leben, ihr ganzes Wesen.

Sie wusste nicht, wie lang sie sich aneinandergeklammert hatten. Zu lang, nicht lang genug.

Kindliches Gelächter drang vom Bürgersteig in ihre dunkle Ecke und die Stimme einer Mutter, die eines ihrer Kinder rief.

Der Zauber um sie herum war gebrochen, und Sarah drückte John von sich, als er seinen Kopf hob. Er ließ ihre Taille los und umschloss mit beiden Händen ihr Gesicht. Er hob ihren Kopf, damit er in ihre Augen sehen konnte, und musterte sie einen Moment lang schweigend. Seine Miene war in der Nacht dunkel und unergründlich. Sie hatte keine Ahnung, was er zu sehen versuchte.

Er beugte sich vor und küsste sie sanft auf die Stirn. Die Berührung war kurz, jedoch nicht so kurz, dass sie ihre Wirkung nicht spürte. Da war eine Zärtlichkeit, die sie noch nie zuvor bei ihm gesehen hatte. Sie war völlig verwirrt, als er ihre Hand nahm und sie zurück zum Bürgersteig führte.

Mit laut klopfendem Herzen und schweigend folgte sie ihm zum Auto, während seine Finger noch immer mit ihren verschränkt waren.

Er komplimentierte sie in den Wagen, und als er sich hinter dem Lenkrad niederließ, sah er sie nicht an und sagte nichts mehr.

Doch er nahm ihre linke Hand und rieb mit seinem Daumen ihren schmucklosen Ringfinger. Seine Hand blieb viele Meilen lang nicht untätig. Er streichelte ihre Finger, rieb ihre Handfläche und glitt mit seinen Fingerkuppen über den transparenten Lack auf ihren Nägeln.

Der große Geländewagen glitt durch die Nacht, während John weiterhin die Konturen von Sarahs Hand erkundete. Wenige Worte wurden zwischen ihnen gewechselt. Er fragte sie, ob es kühl genug für sie sei, und wies auf den Mond hin, der gerade am Himmel aufging.

Sie antwortete leise, zu überwältigt von dem, was er tat, um eine angemessene Erwiderung zu formulieren. Sein Zorn schien sich in Luft aufgelöst zu haben. Stattdessen präsentierte sich Sarah ein Mann, den sie nicht wiedererkannte, doch ein Mann, so befürchtete sie, den sie besser kennenlernen wollte.

****

»Was?« Jaimes Stimme klang nach fassungslosem Erstaunen, als sie Sarah bat, die Frage zu wiederholen.

»Weißt du, wer John Garrett ist?«, fragte sie ein zweites Mal.

»Sarah …« Jaimes Stimme verklang, und anhand ihrer Reaktion erkannte Sarah, dass ihre beste Freundin genau wusste, nach wem sie fragte.

»Ich fasse das als ein Ja auf«, sagte Sarah.

»Ja, und die Antwort ist: *Denk nicht mal im Traum daran.*« Jaimes Stimme klang unerbittlich.

»So schlimm?«, fragte sie.

Ihre Freundin hielt nur für einen Moment inne. »So schlimm und noch schlimmer. Wo hast du ihn getroffen?«

»Ich habe ihn ein paarmal getroffen. Gestern Abend sind wir nach San Antonio zum Essen gefahren.« Sarah versuchte, ihrer Stimme einen Klang von Leichtigkeit zu verleihen.

»Nein, seid *ihr nicht.*« Jaimes Stimme klang schlicht und ergreifend geschockt.

»Doch, sind wir …«

Jaime fiel Sarah ins Wort: »Was ist mit Randall? Im Ernst, der Typ ist ja entspannt, aber ich bin mir nicht sicher, ob er tatsächlich damit einverstanden wäre, dass du mit einem anderen Mann ausgehst.«

»Es war kein richtiges Rendezvous. Ich habe heute Morgen mit Randall Schluss gemacht.«

Verblüfftes Schweigen am anderen Ende der Leitung. Sarah wartete auf die Explosion, von der sie wusste, dass sie kommen würde.

Sie irrte sich nicht.

»Du kannst *nicht* mit John Garrett ausgehen, Sarah. Ich bin froh, dass du die Sache mit Randall beendet hast. Ich sage nicht, dass ich das nicht bin. Der Typ verdient dich nicht, und ich war immer der Meinung, dass ihr nicht zusammenpasst. Aber du kannst nichts mit John Garrett anfangen. Ich verbiete es dir.«

»Du *verbietest* es mir?« Sarah fand diese Äußerung witzig.

»Jawohl.«

»Okay, erzähl mir, was du über ihn weißt«, forderte Sarah in einem resignierten Tonfall.

»Ich weiß, dass er ein Aufreißer ist. Aber er ist schlimmer als das. Er benutzt Frauen. Er ist eine männliche Schlampe, Sarah. Er ist reich, er bekommt immer, was er will, und er hat es mit jeder Frau im Umkreis von hundert Meilen getrieben.«

Sarah hatte einen unappetitlichen Verdacht. Sie hielt den Atem an und stellte einfach die Frage, die sie am meisten beschäftigte: »Hast du mit ihm geschlafen, Jaime?«

»*Nein!* Ich habe noch nie mit ihm gesprochen. Und das solltest du auch nicht tun. Weißt du, wer Susan Ralls ist?«

Der Name kam Sarah irgendwie bekannt vor, doch sie kam nicht darauf. »Nein.«

»Vor ungefähr sechs Monaten hat sie angefangen, sich mit ihm zu treffen. Sie sind ein paarmal ausgegangen und sie hat sich Hals über Kopf verliebt. *Ich meine Hals über Kopf.* Er hat dreimal mit ihr geschlafen und sie dann fallen lassen. Sie war völlig am Ende. Und Sarah, ehrlich, sie ist hübsch, intelligent …«

»Ich verstehe.«

»Wirklich? Mit dem hat's nichts Gutes auf sich. Nachdem seine Frau starb …«

»Seine Frau starb?« Sarah stockte der Atem. Der Gedanke, dass er schon einmal verheiratet gewesen sein könnte, war ihr noch nicht gekommen. Sie war verstört vom leichten Unbehagen, das sich bei dieser Neuigkeit einstellte. Und hatte er auch Kinder?

»Ja. Vor drei oder vier Jahren. Sie war in einen furchtbaren Unfall verwickelt und auf der Stelle tot. Seitdem ist er ein anderer Mensch. Sie müssen schwer verliebt gewesen sein. Er wurde zum Eremiten und hat praktisch ein Jahr lang das Haus nicht verlassen. Jeder sagte, er wäre am Boden zerstört, und es wurde gemunkelt, dass er ihr treu gewesen sei. Doch plötzlich, von einem Augenblick auf den anderen und aus keinem offensichtlichen Grund, war er plötzlich auf sexuelle Abenteuer aus. Und seitdem ist das so. Er hat Dolan Carver erzählt, dass er nie wieder heiraten würde, und Dolan hat es Savannah Henderson erzählt.«

Sarah rutschte unruhig auf ihrem Stuhl hin und her, während sie die Informationen verdaute. »Hat er Kinder?«

»Nein, keine, von denen ich wüsste.«

Sarah erwiderte nichts und Jaime fuhr fort: »Wirklich, Sarah, fang bloß nichts mit ihm an. Greg hat dich schon genug Nerven gekostet. Und gerade hast du mit Randall Schluss gemacht. Da kommt nichts Gutes bei heraus. Sei nicht dumm.«

Ein Moment des Schweigens herrschte zwischen ihnen, und als Sarah weiterhin schwieg, fragte Jaime: »Wie hat es Randall hingenommen?«

»Er hat versucht, es mir auszureden«, sagte Sarah.

»Na klar. Gott weiß, wie lang er gebraucht hat, eine Frau zu finden, die seinen Schwindel nicht durchschaut hat.«

»Welchen Schwindel?«, fragte Sarah.

»Diese geheime Tür, hinter der er seine Homosexualität versteckt.«

»Er ist nicht schwul«, sagte Sarah.

Jaime seufzte. »Mir ist egal, ob er schwul ist oder nicht. Ich sage nur, dass Schwule nicht die besten Ehemänner abgeben.« Sie hielt inne und korrigierte dann ihre Behauptung. »Für Frauen jedenfalls.«

»Ich werde mit dir nicht darüber streiten. Das wäre müßig, weil wir sowieso nicht heiraten werden.«

»Dann erzähl mir von dem Treffen, das kein Rendezvous war.« Jaime lenkte das Gespräch wieder auf John Garrett.

»Es war eigentlich ein geschäftliches Treffen. Ich will ihn dazu bringen, das Altenheim zu finanzieren.«

Jaime wusste von Sarahs unermüdlichem Streben, der Schule zu helfen. »Oh. Mein. Gott. Ich kann nicht glauben, dass du so mutig warst, ihn zu fragen. Das wird doch verdammt viel Geld kosten. Wie hat er reagiert?«

»Es ging genau in diese Richtung. Er wollte wissen, warum er so viel Geld in Top Hill stecken soll, wenn er noch nicht mal hier wohnt. Und die einzige Antwort, die mir einfiel, war, dass es das Richtige ist.«

»Er hat dir das Geld also nicht versprochen?«

»Noch nicht.«

»Und das war's? So ist der ganze Abend verlaufen?«

»Und dann hat er noch verlangt, dass ich meine Verlobung löse und versuche …«

»Wegen ihm hast du sie gelöst?«

»Zählst du jetzt etwa eins und eins zusammen?«, fragte Sarah. »Ich sage nicht, dass ich etwas mit ihm anfangen will, aber durch ihn ist mir klar geworden, dass es mit Randall nicht funktionieren würde.«

»Hast du mit ihm geschlafen?«

»Was? Nein!«

»Bist du sicher? Da gehört doch schon etwas dazu, dass dir endlich die Augen aufgegangen sind.«

Sarah sah keinen Grund, weshalb sie nicht ehrlich sein sollte. »Der Typ hat einiges zu bieten. Er ist sexy.«

»Hat er dich geküsst?«

Sarah dachte an den vergangenen Abend. Den Körperkontakt lediglich als Kuss zu bezeichnen, wäre nicht richtig. Doch sie hatte keine Ahnung, wie sie die fast schon wilden Gefühle ausdrücken sollte, die er in ihr hervorgerufen hatte. Und das wollte sie auch gar nicht erst versuchen. »Ja, hat er.«

»Und?«, fragte Jaime.

»Und was?«, entgegnete Sarah.

»War es gut?«

»Ich habe immerhin mit meinem Verlobten Schluss gemacht.«

»Verstehe. Noch einmal: *Schlaf nicht mit ihm.* Ich warne dich. Ich will nicht diejenige sein, die die Scherben zusammenkehrt.«

Sarah schluckte an der letzten Warnung. »Ist notiert.«

****

Sarah verbrachte den Tag damit, alte Filme auf Video anzusehen, während es draußen regnete. Die Videokassetten hatten ihrer Großmutter gehört, und obwohl die Bilder klarer hätten sein können, vergaß sie beim Anschauen mehrerer klassischer Frauenfilme aus den Achtzigern schnell ihre Angst.

Es war nach neun Uhr und die Sonne war komplett untergegangen, als es an ihrer Tür läutete. Sie hatte auf dem Sofa herumgelungert und war bei dem laut scheppernden und durch den Raum hallenden Geräusch zusammengezuckt. Sie setzte sich auf und starrte zur Tür.

Ein kalter Schauer lief ihr den Rücken hinunter, als ihr deutlich bewusst wurde, wie allein sie auf der kleinen Farm war. Sie war weit abgelegen, und Sarah konnte an allen fünf Fingern abzählen, wie oft sie in ihrem Leben die Türglocke gehört hatte.

Selten, wenn überhaupt. Sie war mindestens eine Meile vom nächsten Nachbarn entfernt und in ihrer Kindheit wurde normalerweise zuerst angerufen, wenn jemand zu Besuch kommen wollte.

In einer großen Stadt aufzuwachsen hatte Sarah vor allem gelehrt, sich vor Fremden in Acht zu nehmen. Sie fühlte sich hier draußen nie ganz wohl so völlig allein. Tagsüber war das eine Sache, aber nachts eine völlig andere. In dem Versuch, eine jähe Szene aus *Blutgericht in Texas* auszublenden, stand sie auf, wischte sich die schweißigen Handflächen an ihren Shorts ab und ging langsam zur Tür.

Die altmodische Vordertür hatte keinen Spion, aber auf Augenhöhe drei eingesetzte Glasscheiben. Die Außenbeleuchtung war nicht an, und ihr wurde bewusst, dass derjenige, der draußen stand, sie bei eingeschaltetem Wohnzimmerlicht deutlicher sehen konnte als sie ihn. Wenn sie jedoch zuerst das Verandalicht einschaltete, würde er definitiv wissen, dass sie hier drinnen war. Sie blieb stehen und überlegte, was zu tun war. Ihr Herz schlug wild und ihre Beine konnten sie kaum tragen, so heftig zitterten sie.

Sie nahm ihr Handy und stand starr und unschlüssig mitten im Zimmer. Es klingelte erneut und ein Klopfstakkato begann. »Sarah, mach die Tür auf.« Als sie die Stimme des Rufers erkannte, fiel sie fast lang hin vor Erleichterung.

Sie ging zur Tür, versuchte dabei, ihre Atmung in den Griff zu bekommen, und schaltete das Licht auf der Veranda ein. Sie sah durch das Fenster. John stand auf der Treppe und wurde nass vom Regen, den der Wind unter den Dachvorsprung peitschte.

Sie schob den Riegel zurück und öffnete die Tür bei vorgelegter Kette einen Spaltbreit. »Du hast mich zu Tode erschreckt. Was machst du hier?«

»Mach die Tür auf«, stieß er barsch hervor.

Jaimes Anordnung, nicht mit ihm zu schlafen, ließ Sarah nur kurz zögern, dann zog sie die Tür wieder zu und entfernte die Kette. Als sie die Tür öffnete, drückte John mit seiner Handfläche dagegen und öffnete sie weit genug, um hineinzuschlüpfen. Nachdem er sie wegen des Wetters wieder geschlossen hatte, drehte er sich um und sah Sarah an.

Noch immer steckte in ihr ein wenig Restangst, und Johns plötzliches Auftauchen aus der Dunkelheit der Nacht versetzte ihren Magen in Aufruhr. Ein Blitzschlag krachte draußen und sie erschrak. Sie kreuzte die Arme über der Brust, als sie einen Schritt zurücktrat. Gänsehaut bildete sich auf ihrem Körper, denn John fing ihren Blick auf und sah sie unentwegt an.

Das Gespräch, das sie mit Jaime geführt hatte, wiederholte sich laut und Wort für Wort in ihrem Kopf, und sie erinnerte sich an die Warnung ihrer Freundin. Sie versuchte, sich darauf zu besinnen, dass John eine Gefahr für ihren Seelenfrieden war, eine Bedrohung ihres seelischen Gleichgewichts.

Er lehnte an der Tür, sah sie an, bewegte sich aber nicht auf sie zu und sagte kein Wort. Sie musterte ihn, während sie versuchte, den zu schnellen Rhythmus ihres Herzschlags zu kontrollieren. Sie erkannte die ungenutzte, sich durch seinen Körper windende Kraft und die pure Männlichkeit, die er ausstrahlte, während er auch sie musterte. Er besaß eine vitale Stärke, die sie anzog. Seine schlanke Figur war überaus reizvoll, wie er so vor ihr stand in seiner vom Regen nassen Kleidung. Sein Haar war dunkler als sonst, die nassen, auf seiner Stirn klebenden Strähnen glänzten im Licht der Lampe und bildeten einen starken Kontrast zu seiner tief gebräunten Haut.

»Hast du den Anruf getätigt?«, fragte er mit zu sanfter Stimme.

Sarahs Verstand setzte aus, als sie für einen Moment an das Telefongespräch dachte, das sie mit Jaime geführt und in dem sie ihre Freundin über ihn ausgefragt hatte. Doch dann wurde ihr bewusst, was er eigentlich meinte. Er wollte wissen, ob sie Randall angerufen hatte. »Ja«, hauchte sie.

»Du hast die Verlobung gelöst?«, fragte er.

»Ja«, antwortete sie leise.

John stieß sich mit einem Fuß von der Tür ab und bewegte sich langsam auf sie zu. Sie war zu nervös, um sich darüber Gedanken zu machen, was in seinen Augen zu erkennen war. Er strahlte eine Zielstrebigkeit aus, die keinerlei Anzeichen des

Aufgebens erkennen ließ, als er mit diesem verdammt arroganten Gang auf sie zukam.

Sarah wich einen Schritt zurück und hob die Hand, um ihn abzuwehren. »Aber …«

Er ergriff ihre Hand und schnitt ihr das Wort ab. »Kein Aber.« Er zog sie zu sich heran und umfasste sie mit dem anderen Arm. »Endlich, *Herrgott*«, murmelte er, während sich sein Mund auf ihren senkte.

Sarah wurde von seinem Duft erfasst und rasches, sofortiges Verlangen überkam sie. Sie umschlang seinen Nacken mit ihren Armen und erwiderte seinen Kuss. Der berauschende Druck seines Körpers gegen ihren hämmerte ihr in einem unbarmherzigen Takt ein, ihren Widerstand aufzugeben. Ihr Puls schlug Purzelbäume vor Aufregung, und sie wurde von einer Welle davongetragen, die durch ihre Blutbahn rollte und die Warnung »Stopp!« ignorierte, die ihr Verstand aus dem Hintergrund schrie.

Johns Hand ließ ihr Handgelenk los, wanderte zum Saum ihres T-Shirts und schob es nach oben über ihren Kopf. Die Kraft dieser Bewegung unterbrach den Kuss und verdrängte Sarahs Arme von seinem Nacken.

Sie war vollkommen überrascht, doch diese Unterbrechung war der Auslöser, den sie brauchte, um ihre außer Kontrolle geratenen Gefühle wieder in den Griff zu bekommen. Sie schluckte mehrmals heftig, und als er seine Arme erneut um ihre Taille legte, drängten sich ihre Hände zwischen ihre Oberkörper und drückten gegen seine Brust. Sie musste ihn bremsen.

Er ging für ihre Begriffe zu schnell vor. Viel zu schnell. Auch wenn sie sich völlig sicher gewesen wäre, ihm nachzugeben, wäre es ihr zu schnell gegangen. Aber sie war sich nicht mehr sicher. Das Gespräch mit Jaime hatte ihre Einstellung geändert, und es kam ihr vor, als hätte sie eine neue Erkenntnis über ihn gewonnen. Eine, die ihr nicht gefiel.

John spürte ihren Rückzug und war völlig frustriert. Der Genuss, sie lediglich zu halten und zu küssen, war atemberaubend gewesen. Es war unbegreiflich und entsprach nicht seiner Erfahrung, dass sie nicht weiter gehen wollte. Er sah auf ihren schlichten weißen Baumwoll-BH und explodierte innerlich vor Ungeduld. Ihre Haut war unglaublich zart, ihr Brustansatz steigerte seine Sehnsucht. Er hatte das dringende Bedürfnis, sie zu nehmen. Zum einen, um sie durch eine sexuelle Beziehung an sich zu binden, und zum anderen, um das Tosen in seiner Leistengegend zu lindern. Dass sie jetzt versuchte, ihn zu bremsen, war auf keinen Fall hinzunehmen. Er griff nach ihr, doch gleichzeitig riss sie ihm ihr T-Shirt aus der Hand und trat von ihm zurück.

Sarah bedeckte ihre Brust mit dem T-Shirt und entfernte sich aus seiner Reichweite. Sie hörte, wie ein leises, tiefes Knurren, gleich einem verletzten Tier, aus Johns Brust hervordrang. Sein Gesichtsausdruck ließ sie noch weiter von ihm abrücken, und nun lag die Breite des Raumes zwischen ihnen. Sie trat hinter einen Beistelltisch, um ein weiteres Hindernis zwischen sich und ihm zu haben, und zog schnell ihr T-Shirt über den Kopf. Es war auf links gedreht, doch sie würde einen Teufel tun, Zeit dafür zu verschwenden, es auf rechts zu wenden.

Sie beobachtete John wie einen tollwütigen Hund, der im Begriff war anzugreifen. Er hatte sich nicht von der Stelle bewegt und musterte sie eingehend, während er eine Augenbraue hochzog. »Glaubst du, ich werde dich so schnell davonkommen lassen?« Sein Blick wanderte über ihren Körper, hinauf zu ihrem Gesicht und taxierte sie auf täuschend träge Art und Weise. Sein Ton und der Ausdruck in seinen Augen veranlassten sie, ihren Rücken zu straffen, und bestärkten sie erneut in ihrem Entschluss.

Sie begegnete seinem Blick, ohne zurückzuweichen. »Du hast nicht viele Wahlmöglichkeiten.«

Er lachte kurz auf und schüttelte den Kopf. »Du bist diejenige, die keine Wahl hat.«

Er bewegte sich auf sie zu und Sarah fühlte eine Spur von Hysterie in sich aufsteigen. »*Bleib stehen!*«, schrie sie.

Er hielt für einen Moment inne, doch die folgenden Worte trösteten sie nicht, obwohl seine Stimme sanfter geworden war. »Du musst dich mit dem abfinden, was gleich passieren wird, Süße.«

Bei diesen Worten verkrampfte sich ihr Herz, und der Anflug von Panik verwandelte sich in die blanke Verzweiflung, nicht mehr in der Lage zu sein, die Situation in den Griff zu bekommen. Wie sollte sie einen Mann davon abhalten, mit ihr zu schlafen, wenn ihr eigener Körper ihren Verstand anbettelte, es zuzulassen? Sie war fassungslos, einen Knoten im Hals zu spüren, der andeutete, dass sie gleich losheulen würde. Sie schluckte und verschränkte ihre Arme. »Ich bin nicht bereit!«, schrie sie. »Findest du es wirklich in Ordnung, mich so einzuschüchtern, nur damit ich mit dir schlafe?«

Ein finsterer Blick ließ sein Gesicht noch männlicher wirken. »Ich versuche nicht, dich einzuschüchtern.«

Sarah fühlte entsetzt, wie ihr bei dem Versuch, etwas zu sagen, Tränen in die Augen schossen. Sie versuchte, sie wegzublinzeln, doch ihre Stimmbänder gehorchten ihr nicht und sie senkte den Blick.

John fühlte sich beim Anblick der Tränen in ihren Augen bezwungen. Mit dem unklaren Wunsch, ihr irgendwie Trost zu spenden, machte er einen Schritt auf sie zu, doch sie sah auf und schüttelte verzweifelt den Kopf. Verärgert über sich selbst, sie so bedrängt zu haben, versuchte er, Sarah zu beschwichtigen. »Ich will dich nicht einschüchtern, Baby. Es schien mir der nächste Schritt zu sein. Das ist alles.« Er versuchte, seiner Stimme einen leisen und beruhigenden Klang zu geben, hatte jedoch keine Ahnung, ob ihm das gelang. »Wir sind uns über den Weg gelaufen, haben uns voneinander angezogen gefühlt, du hast keinen Freund mehr.« Er vermied es, erneut das Wort »Verlobter« zu gebrauchen. Es machte ihn nur wütend, wenn er daran dachte, wie dicht der andere Mann dran gewesen war, einen Anspruch auf sie zu erheben. »Jetzt schlafen wir miteinander.«

Er sah, wie sie schluckte und ihre Augen zusammenkniff. »Einfach so?« Ihre Stimme war leise, aber bestimmt.

»Nichts einfacher als das, Baby.« Die schlagfertige Antwort war raus, bevor er sich selbst stoppen konnte. In dem Moment, als die witzige Bemerkung aus seinem Mund kam, wusste er, dass er es vermasselt hatte. Er sah, wie sie nach seiner sarkastischen Antwort tief Luft holte, und wusste, dass er gleich die volle Wucht ihres Zorns zu spüren bekommen würde.

»Verlass mein Haus!« Ihre Worte waren wie Dolche, die sie auf ihn abfeuerte.

Sie drückte ihre Schultern zurück, und er konnte sehen, wie sich ihre Wirbelsäule aufrichtete, als hätte jemand einen Stahlstab hineingetrieben. »Was willst du von mir, Sarah?«

»Ich will ein bisschen Zeit, um dich kennenzulernen, bevor wir miteinander ins Bett gehen.«

Es war eine einfache Antwort, aber er kümmerte sich kein bisschen darum. »Warum?«, fragte er mit einer Stimme, die mehr als nur einen Anflug verletzten männlichen Stolzes erkennen ließ.

»*Warum?*«

»Das ist die Frage. Warum sollten wir warten?« Warum zum Teufel wollte sie warten, wenn es nichts bewirken würde? Er würde dadurch nur noch geiler auf sie werden, nur noch ungestümer, nur noch ungeduldiger. Er war kein geduldiger Mann.

»Ist das dein Ernst?« Sie klang völlig verblüfft.

»Ja.«

»Wir müssen warten, weil wir Zeit brauchen, um uns kennenzulernen. Wenn ich dich kennengelernt habe, weiß ich, ob ich mit dir schlafen möchte.« Sarah stieß die Worte ihm gegenüber eines nach dem anderen aus, als würde sie jemandem etwas erklären, der sich weigerte zu begreifen.

»Wenn man sich erst einmal kennt, will keiner mehr mit dem anderen schlafen«, erklärte er geradeheraus.

»Oh Mann! Glaubst du das wirklich?«

Er musterte sie von oben bis unten und hob eine Augenbraue. »Du musst das Eisen schmieden, solang es heiß ist.«

»*Schmieden, solang es heiß ist?*« Sie wusste, dass sie ständig alles wiederholte, was er sagte. Nur schien das nicht zu helfen. Die Worte, die aus seinem Mund kamen, waren so verdammt bescheuert.

Sarah sah, wie er sich in rein männlicher Verärgerung mit den Fingern durchs Haar fuhr. Er drehte sich weg, um sich dann in einer schnellen Bewegung, die seine Frustration untermalte, wieder Sarah zuzuwenden. »Ich weiß nicht, was diese Verzögerung soll. Ich will mit dir schlafen. Das ist alles, was ich will. So einfach ist das.«

»Das ist alles, was du willst? Du bist so verdammt unverschämt! Du bist unverschämt und ungeduldig und …«

Er unterbrach sie mit einem Zischen: »Lieber Himmel, vergib mir! Vielleicht hast du es noch nicht bemerkt, aber ich habe seit fast zwei verdammten Tagen keine Zigarette mehr angerührt!« John sah sie erbost an.

Sarah erstarrte. »Was? Warum denn?«

Sein Mund war eine einzige gerade Linie. »Weil du es nicht magst.«

Sarah war einen Moment lang absolut sprachlos. Er hatte das Rauchen für sie aufgegeben? Ein kleines bisschen Freude keimte in ihr auf und breitete sich in ihrem Inneren aus.

Und dann sprach er erneut. »Was zum Teufel willst du, Sarah? Was muss passieren, damit dieses verdammte kleine Höschen fällt?«

Sarah holte tief Luft und verkniff sich gerade noch, ihn erneut des Hauses zu verweisen. Wut und Erschütterung bemächtigten sich ihrer zu gleichen Teilen. Dieser Typ dachte doch wirklich, er könne einfach sagen, was zum Teufel er gerade fühlte. Warum ihm also keine Antwort geben? »Meine Freundin hat mir erzählt, dass du ein Aufreißer bist. Dass du Frauen fickst und sie dann fallen lässt. Sie hat mich vor dir gewarnt …«

»Die, die mit dir im *Cut-n-Shoot* war?«, fragte er mit kühler Stimme.

»Ja, warum?« Sie warf ihm einen finsteren Blick zu.

»Hat keinen Grund. Wollte nur wissen, wer Mist über mich erzählt.« John wusste, dass er mehr als ein paar Frauen im Bezirk verärgert hatte. Doch Sarahs Freundin hatte er nicht gekannt. Soweit er wusste, hatte er die andere noch nie zuvor getroffen, und egal ob wahr oder falsch, er konnte sich keinen Reim darauf machen, woher sie ihr Wissen bezog.

»Und? Leugnest du es?« Sie wartete mit überkreuzten Armen auf eine Antwort.

Er hatte nichts dagegen, ihr die Wahrheit zu sagen, wie er sie sah. »Ich ficke Frauen nicht und lasse sie fallen. Wir kommen zusammen, es erledigt sich, Ende.«

»Und sind diese Frauen damit einverstanden? Oder bist du es, der entscheidet, wann es vorbei ist?«, fragte sie ihn in einem Ton, der ziemlich genau erkennen ließ, dass sie fand, er sei unterstes Niveau.

Er beobachtete sie einen Moment lang still. Ihre Stimmung hatte schnell von Tränen zu wütender Anschuldigung gewechselt. Sie war anhänglich und hilfsbedürftig gewesen, und er hatte seine Chance vertan, sie endlich rumzukriegen. Warum zum Teufel machte er sich nicht in entgegengesetzter Richtung davon? »Ich brauche diesen ganzen Scheiß wirklich nicht, Sarah.«

»Super. Du brauchst diesen Scheiß nicht, und ich schmeiße mich nicht wie eine einfältige Schlampe vor dir hin und spreize die Beine. Das Thema wäre also jetzt gleich schon erledigt, und nun gibt es nur noch eines.« Sarah wusste, dass sie jetzt keine finanzielle Hilfe von ihm bekommen würde, und deshalb musste sie nicht aufpassen, ob sie ihn verärgerte. »Wir können übergehen zu dem Grund, aus dem ich dich eigentlich aufgesucht habe. Wirst du mir helfen oder nicht?«

Sie war wirklich nicht überrascht, als er den Raum durchquerte und sich vor ihr aufbaute. Sie war nicht überrascht, aber sie konnte nichts dagegen machen, dass ihr Schauer über den Rücken liefen. Sie hob das Kinn und wich nicht von der Stelle, während sie abwartete, wie er reagieren würde.

Sie musste nicht lang warten.

Er schob seine schwielige Handfläche unter ihr Kinn und hob es mit einer ruckartigen Bewegung an, bis sie ihm in die Augen blicken musste. »Mach ja nicht den Fehler und glaube, du könntest mich kontrollieren, Baby. Ich habe dich schon einmal gewarnt. Wir gehen zum zweiten Thema über, wenn das erste abgehandelt ist. Und es ist abgehandelt, wenn du nackt in meinem Bett liegst. Du willst mich kennenlernen? Gut. Ich hole dich um sieben Uhr morgen Abend ab. Sei bereit.«

Sein Mund landete auf ihrem, und er küsste sie nur einmal, bevor er sich umdrehte und aus der Tür ging.

****

Sarah konnte an nichts anderes denken als an ihr bevorstehendes Rendezvous. Und als es am nächsten Abend sieben Uhr war, war sie nur noch ein Nervenbündel. Hier gab es eigentlich keine Gelegenheit auszugehen, und sie bezweifelte ernsthaft, dass sie wieder nach San Antonio fahren würden. Deshalb entschied sie sich für legere Kleidung und zog Caprihose und ein weiches Baumwoll-T-Shirt an. Flache, silberfarbene Sandalen machten ihr Outfit komplett, und sie war so bereit wie nie.

Sie war ein paar Minuten vorher fertig und sah keinen Grund, so zu tun, als sei sie es nicht. Deshalb setzte sie sich wieder auf die alte Schaukel auf der Veranda und wartete darauf, dass John vorfuhr.

Kurze Zeit später erschien er, und Sarah fiel sofort auf, dass er nicht in seinem Geländewagen, sondern in dem Diesel-Pick-up unterwegs war, den er bei ihrem ersten Zusammentreffen gefahren hatte. Die Erinnerung an jenen Tag kroch in ihr hoch, und das Wissen, dass sie in diesen Wagen steigen würde, ließ sie vor Hilflosigkeit schaudern. Sie riss sich zusammen und ermahnte sich, dass sie sehr wohl in der Lage war, ihr eigenes Handeln zu steuern.

Sie stand auf, schloss ihre Haustür ab, griff ihre Handtasche und ging hinüber zum Pick-up. Wieder stieß er von innen die Beifahrertür auf, sie öffnete sie vollständig und trat mit einem Fuß auf das Trittbrett. Innerhalb von Sekunden hatte sie auf dem Sitz neben ihm Platz genommen und die Tür geschlossen.

Während der Wagen im Leerlauf lief, griff John an ihr vorbei nach dem Gurt und schnallte sie an, als wäre sie eine unfähige Vierjährige. Doch aus welchem Grund auch immer störte sie das nicht. Es gab ihr für einen Moment vielmehr ein Gefühl von vollkommener Sicherheit.

Als er damit fertig war, lehnte er sich zurück, sah sie mit einem flüchtigen, undurchdringlichen Blick an und legte den Rückwärtsgang ein. Dabei sagte er gedehnt: »Stadtkind.«

Ihre Blicke trafen sich und Sarah spürte die Wirkung seiner Augen. Sie befeuchtete ihre Lippen. »Warum sagst du das?«

»Du hast die Haustür abgeschlossen. Du bist hier im Nirgendwo, Süße. Vor wem, glaubst du, musst du die Tür verriegeln?«

»Ich weiß nicht. Ist Gewohnheit, nehme ich an.«

»Ja, Stadtkind eben.«

»Tut mir leid, dass du das nicht magst«, entgegnete sie steif.

»Wie kommst du darauf, dass ich das nicht mag?« Bevor er auf den Highway auffuhr, hielt er an der Kreuzung an und drehte sich zu ihr, um sie zu mustern. Er ließ seinen Blick von ihrem Gesicht über den Oberkörper gleiten und stoppte auf ihren Brüsten, bevor er wieder unter ihr Kinn griff und es anhob. »Ich mag es sehr wohl.« Er sprach die Worte mit leiser, tiefer Stimme, die in ihrem Inneren ein unterirdisches Beben auslösten.

Sarah wusste nicht, was sie antworten sollte. Alles, was sie jetzt herausbringen würde, so befürchtete sie, würde mit zitternder Stimme geschehen, und deshalb versuchte sie, eine gleichgültige Miene aufzusetzen. Er musste bemerkt haben, dass er sie nicht so leicht ärgern konnte, wie ihm lieb gewesen wäre, und so wandte er den Blick von ihr ab und fuhr weiter.

Sie fragte ihn nicht, wohin sie fuhren, doch es überraschte sie nicht, als John ungefähr zwanzig Minuten später auf sein eigenes Grundstück einbog.

Er bremste vor seinem Haus, und bevor sie ihren widerspenstigen Verstand dazu gebracht hatte, wieder richtig zu funktionieren, stieg er aus und kam auf ihre Seite. Er öffnete die Tür und hielt Sarah seine Hand hin. »Willst du da den ganzen Abend sitzen?«

Sarah schluckte und legte ihre Hand in Johns. Er zog sie aus dem Wagen und an der Hand hinter sich her ins Haus.

Wunderbare Gerüche empfingen Sarah, als sie eintraten, und sie ahnte, dass irgendjemand, vielleicht die Haushälterin, ein Abendessen gekocht hatte. Er bestätigte ihre Vermutung. »Ich hoffe, du hast Hunger. Beth hat uns Abendessen dagelassen.«

»Ist sie nicht hier?«

»Nee, sie ist nach Hause gefahren.«

»Ich dachte, sie würde bei dir wohnen.«

»Nein.«

»Oh.« Die Vorstellung, dass sie ganz allein in dem abgelegenen Haus waren, hätte sie leicht zu einem Psychospiel verleiten können, doch sie schob den Gedanken weit von sich.

John führte sie durch das Wohnzimmer in die Küche und öffnete den Kühlschrank. Er nahm zwei Dosen Bier heraus und bot ihr eine an. »Lass uns etwas trinken, bevor wir essen.«

Sie hasste Bier. Hatte sie schon immer, und sie wusste, dass sich daran auch nichts ändern würde. »Ich steh nicht so auf Bier.«

»Möchtest du etwas anderes?«, fragte er.

»Was hast du denn da?« Sie wusste, dass sie heute Abend eigentlich keinen Alkohol trinken sollte, aber ein Glas zur Beruhigung ihrer Nerven war mehr als verlockend.

»Alles, was du willst«, sagte er mit einer weichen Stimme, die ihr andeutete, dass er mehr als nur ein Getränk meinte.

Sie ignorierte seine Anspielung. Sie wollte einen Drink, aber ebenso wollte sie den Überblick behalten. »Weinschorle?«

»Nein.« Das Wort schoss aus seinem Mund, als hätte er niemals erwogen, dass ein Sixpack Weinschorle das Innere seines Kühlschranks zieren könnte.

»Zinfandel?«, fragte sie.

»Nein.«

»Irgendein Wein?«

»Nein.«

Sie blinzelte ihn an. Warum zum Henker hatte er ihr erzählt, er hätte alles, was sie wollte? Sie schwieg, als er zu einer Anrichte ging und sie öffnete. Er hielt die Schranktür halb offen und sah hinein. »Tequila. Bourbon. Rum. Wodka. Gin.« Seine tiefe Stimme ertönte, als er in die Hocke ging, ein paar Dinge zur Seite schob und dann wieder aufstand. »Kein Scotch.«

»Wodka mit irgendeinem Saft.«

»Ich trinke nur Orangensaft.«

»Ausgezeichnet.«

»Das ist dann ein Screwdriver.« Er nahm ein Glas von einem Hängeregal herunter und füllte es mit Eis.

»Nicht so stark, bitte.«

»Kein Problem.«

Sarah ging zur Seite, als er den Drink mixte. John riss seine Bierdose auf und reichte ihr das Glas. Vor ihr stehend streckte er die Hand mit der Bierdose aus und forderte Sarah somit auf, mit ihm anzustoßen. »Auf das gegenseitige Kennenlernen in geringstmöglicher Zeit.«

»Das ist nicht sehr nett.« Sie stieß trotzdem mit ihrem Glas an seine Bierdose und nahm einen kleinen Schluck. Die Mischung war nicht besonders stark, aber auch keineswegs leicht.

»Nein?«, fragte er. »Ich dachte, du willst, dass wir uns kennenlernen.«

»Ja, das möchte ich auch. Nur … schon gut. Das ist klasse.« Sie nahm einen weiteren Schluck und genoss den Orangengeschmack und die angenehme Wärme, die der Wodka in ihr verbreitete. Doch im Stillen ermahnte sie sich, vorsichtig zu sein.

»Lass uns draußen hinsetzen. Wir können ein paar Drinks nehmen und uns ein bisschen entspannen, bevor wir essen.«

»Wir können nicht zu viel trinken, sonst kannst du nicht mehr fahren.«

John ignorierte diesen Kommentar und begleitete sie aus der Hintertür hinaus. Es hatte keinen Sinn, sie zu ärgern und ihr zu sagen, dass er überhaupt nicht vorhatte, sie heute Nacht nach Hause zu bringen. Das könnte er später tun, nachdem er ihr noch mehr Wodka eingeflößt hatte. Er hatte nicht vor, Sarah betrunken zu machen und auszunutzen, aber warum zum Teufel sollte sie nicht über Nacht bleiben? Ihm gefiel der Gedanke, sie ein paar Tage um sich zu haben. Die Vorstellung, wie sie morgens barfuß herumlaufen würde, kam ihm in den Sinn und erfüllte ihn mit Freude. Die Erkenntnis, dass er eigentlich seit dem Tod seiner Frau nie wieder eine andere Frau im Haus hatte haben wollen, kroch in ihm hoch und flüsterte eine leise Warnung, die er jedoch in die hinterste Ecke seines Verstandes verbannte.

Er führte Sarah einen gepflasterten Weg hinunter, bis sie einen großen Pavillon erreichten, den er vor einigen Jahren gebaut hatte. Er hatte im Inneren rundherum Sitzgelegenheiten eingebaut und schob Sarah nun zu einer Bank mit Kissen.

Er setzte sich so zu ihr, dass er sie mustern konnte. Alles, was Sarah dachte und fühlte, konnte man direkt von ihren Augen ablesen, und er hatte vor, jede Kleinigkeit aufzunehmen und so viel wie möglich über sie zu erfahren. Er musste herausfinden, wie sie tickte, damit er sie schneller für sich einnehmen konnte.

John nahm einen Schluck Bier und ließ seinen Blick über Sarah wandern. »Du hast wirklich hinreißende Lippen.« Er hatte nicht vorgehabt, sie sofort anzubaggern, doch die Worte waren ihm einfach herausgerutscht, als er darüber nachgedacht hatte, was in der Kennenlernphase angemessen wäre. Etwas, das ihr die Nervosität nahm und den stählernen Stab in ihrem Rücken lockern würde.

Ihr Blick fiel auf ihren Drink und sie nahm einen schnellen Schluck. »Findest du?«

Er betrachtete sie genau, suchte nach einem Fehler. »Ja. Dein Mund ist perfekt.«

»Meine Zähne stehen vor.«

Fast hätte er laut gestöhnt. »Ja, verdammt, das tun sie.«

Sarah hörte das Stöhnen, das er zu unterdrücken versuchte, und ihre Hand zitterte, als sie einen weiteren Schluck nahm. Die Art, wie er ihr zustimmte, ließ sie vermuten, dass er ihre Zähne mochte. In seinem Tonfall war überhaupt nichts Negatives. Ganz im Gegenteil, er betrachtete ihre Lippen und sie hatte das Gefühl, dass er gegen das Bedürfnis ankämpfte, sie zu berühren.

Sie war schon immer ein Leichtgewicht gewesen und der Wodka zeigte bereits seine Wirkung. »Wie alt bist du?« Sie konnte nicht glauben, dass sie das gerade laut gefragt hatte. *Ruhig, Sarah.* Die Frage war ihr in den Kopf gekommen und die Worte flogen geradewegs heraus.

»Zweiunddreißig. Und du?« Er streckte die Hand aus und strich eine Haarsträhne hinter ihr Ohr.

»Siebenundzwanzig.«

»Was? So alt?« Er neckte sie. »Da ist ja noch eine Menge Leben übrig.«

Sie hatte eine Vergangenheit, von der er nichts wusste. Vielleicht war es nicht gerecht, dass sie von seiner Ehe wusste und er nichts von ihrer. Na ja, sie wusste eigentlich nichts über seine Ehe, nur, dass sie tragisch geendet war. »Ich habe schon ein bisschen gelebt. Fühlt sich zumindest so an.«

»Warum sagst du das? Ist ein Klassenzimmer voller Teenager so furchtbar?«, fragte er sie.

Sie lachte leise. »Sie sind nicht allzu schlimm.« Einen Moment lang sah sie ihn genau an, während er einen Schluck Bier trank.

Er beobachtete, wie sie ihn anschaute. Sein Mund verzog sich zu einem leichten Schmunzeln, als sie ihn weiterhin musterte. »Was ist?«, fragte er mit seiner tiefen Stimme.

»Hast du wirklich mit dem Rauchen aufgehört, weil du wusstest, dass ich es nicht mag?«

»Ja. Wollte ich aber sowieso.«

»Warum?«

»Worauf bist du eigentlich aus, Baby? Soll ich es für dich ganz romantisch machen oder soll ich dir die Wahrheit sagen?«

»Oh, ich glaube, ich kenne die Wahrheit bereits, also schlagen wir den romantischen Kurs ein.«

Er zögerte einen Moment und berührte dann erneut ihr Haar, strich es hinter ihr Ohr, so wie er es bereits Sekunden zuvor getan hatte. Heiß durchlief es Sarah, als sie feststellte, dass es ihm sehr schwerfiel, während dieses Süßholzgeraspels seine Hände von ihr zu lassen. Sein Daumen streichelte sanft ihr Ohr und bewegte sich dann zu ihrer Wange. John holte tief Luft. »Romantik, ja?« Nach ihrem Nicken fuhr er fort: »Du bist wunderschön.« Dann schien er in Stimmung zu kommen. »Du bist süß und liebenswürdig und verdienst jemand Besonderen.« Seine Hand wanderte zurück zu ihrem Haar und ihre Augen klebten wartend an seinen. »Ich werde nie jemand Besonderes sein. Ich bin nur ein Durchschnittstyp. Aber wenn es in meinen Kräften steht, nur ein Zehntel dessen zu sein, was du verdienst, dann werde ich mein Äußerstes tun.«

Sarah wusste, dass sie eigentlich blinzeln sollte, aber sie wusste nicht mehr wie. Gebannt sahen sie sich an, und was sanft und neckend begonnen hatte, gewann auf einmal an Ernst. Seine Augen ließen ihren Blick nicht los, und mit einem Stich in ihrem Herzen fragte sie sich, ob er wirklich glaubte, er sei nichts Besonderes. Was er sagte, war fast magisch, aber sie fürchtete sich davor, zu antworten. Sie traute ihm zu, diesen besonderen Moment zu ruinieren. Sie wollte »Danke« sagen, sie wollte ihm mitteilen, dass er tatsächlich etwas Besonderes war, doch sie hatte Angst, dass er sarkastisch reagieren würde. Deshalb blieb sie einfach still.

Einen Moment später nahm er seine Hand von ihrem Haar und räusperte sich. »In welchem Teil von Dallas wohnst du?«

Sie holte tief Luft, versuchte, sich auf das Hier und Jetzt zu konzentrieren und nannte einen Stadtteil im Norden der Stadt.

»Wohnst du in einem Apartment?«

»Ich habe eine Eigentumswohnung.« Sie dachte schweren Herzens an ihre kleine Zweizimmerwohnung und wünschte sich, sie könnte sie verkaufen und nie wieder dorthin zurückgehen.

»Lebst du allein?«

Seine Frage beinhaltete etwas, das sie nicht sofort erkennen konnte. Vielleicht war es Sorge, dass sie ganz allein lebte. Vielleicht fragte er sich auch, ob sie mit Randall zusammenwohnte. »Ja.«

Er nahm einen Schluck Bier, als wäre er mit der Antwort zufrieden. »Wann hast du Geburtstag?«

»Am achtundzwanzigsten Oktober. Wann ist deiner?«

»Am neunundzwanzigsten Februar.«

Sarah kam das Datum merkwürdig vor, bis ihr klar wurde, warum. »Sag bloß!«

»Wirklich.«

»Das ist aber schade.« Sie dachte nur daran, dass er lediglich alle vier Jahre seinen richtigen Geburtstag feiern konnte.

»Nee. Das ist einmalig. Ich habe mich als Kind immer als etwas Besonderes gefühlt.«

»Wie süß. Leben deine Eltern noch?«

»Ja. Und sie sind immer noch verheiratet. Sie sind Rentner und leben in Florida. Und deine?«

»Meine Eltern haben sich scheiden lassen, als ich noch klein war. Mein Vater ist tot, und meine Mutter hat wieder geheiratet und lebt in Australien.«

»Australien!« Er sagte das, als läge es in einer anderen Welt – und irgendwie stimmte das ja auch. Er sah sie weiterhin an. »Kommst du damit klar?«

»Ja, ich glaube schon. Sie ist glücklich und wir skypen oft.«

»Hast du je darüber nachgedacht, auch dorthin zu ziehen?«

»Nein. Ich habe die Farm. Die verlasse ich nie.« Sie war entschlossen, die Farm zu behalten, und nicht nur das.

»Das Landleben liegt dir im Blut, oder?«

»Das tut es. Es bereitet mir fast körperliche Schmerzen, neun Monate im Jahr von hier weg zu sein.« Das war etwas, was ihre Freunde in Dallas nicht verstanden. Wie ihr ein Stück Land so viel bedeuten konnte, dass sie einfach jeden Sommer abhaute.

»Deine Eigentumswohnung fehlt dir also nicht so sehr?«, fragte er.

»Überhaupt nicht. Sie ist gemütlich und schön, aber eben nur ein Ort, an dem man wohnt.«

»Warum ziehst du dann nicht hierher?«

»Aus demselben Grund, aus dem ich dich dazu bringen möchte, das Altenheim zu finanzieren. Fehlende Arbeitsplätze. Auch wenn ich es versuchte, ich würde hier keinen Job finden. Die Schule braucht keine Lehrer, und sonst gibt es nichts.«

»Ist die Farm schuldenfrei?«

»Ja, aber ich brauche Geld zum Leben. Für Nebenkosten, Lebensmittel, Steuern und so.«

»Arbeite für mich.«

»Was?« Sarah war fassungslos. Er hatte so schnell gesprochen, dass sie sich nicht sicher war, ob sie ihn richtig verstanden hatte.

»Ja«, sagte er, als würde er sich für den Vorschlag begeistern. »Komm und arbeite für mich.«

»Nein.« Sie antwortete automatisch, überlegte es sich dann jedoch anders und fragte: »Was soll ich tun?«

»Ich suche einen Stiftungsmanager. Ich habe schon eine Anzeige aufgegeben. Hat sich aber noch keiner darauf gemeldet.«

»Welche Art von Stiftung?

Er warf ihr einen bohrenden Blick zu, als ob sie wissen müsste, welche Art von Stiftung er meinte. »Ich werde eine philanthropische Stiftung gründen und unterhalten, und ich brauche jemanden, der sie für mich leitet. Ich habe keine Zeit, mich mit sämtlichen Bitten um Geld, die ich bekomme, zu befassen. Und ich will mich damit auch nicht befassen. Du wärst perfekt. Ich zahle gut.« Er nannte eine Zahl, die dreimal so hoch war wie das, was Sarah in einem Schuljahr verdiente.

»Willst du mich reinlegen?«

»Nein. Ich zeige dir die Anzeige, wenn du mir nicht glaubst.«

»Wo würde ich arbeiten?«

»Du kannst von zu Hause aus arbeiten. Das würde dir gefallen. Nett sein und so ist doch dein Ding. Du würdest die Entscheidungen treffen. Wir lassen Karten drucken, und wenn Leute an mich herantreten, dann gebe ich ihnen eine Karte und verweise sie an dich. Du wirst entscheiden, wer das Geld bekommt, wie viel und so weiter.«

»So etwas habe ich aber noch nie gemacht. Wie entscheidest du, wer das Geld bekommt?« Sarah fing tatsächlich an, über diese Möglichkeit nachzudenken.

»Du gehst nach deinem Gefühl, Baby.«

»Wann würde ich anfangen?«

»Jetzt sofort«, sagte er mit einer Stimme, die unterstellte, dass es bereits beschlossene Sache sei.

»Jetzt?«

»Na gut, am Montag. Ich kann dir einen Computer einrichten und darauf ein Buchhaltungsprogramm installieren lassen und dir eine Kontovollmacht erteilen.«

»Aber ich habe Unterricht im Herbst.« Ihre Gedanken schlugen Purzelbäume.

»Bist du vertraglich gebunden?«

»Ich habe unverbindlich zugesagt. Der Vertrag kommt ein paar Wochen vor Schulbeginn zustande. Ich bin also eigentlich noch ungebunden. Jedenfalls handhabt mein Bezirk das so.«

»Also bist du frei, Ja zu sagen.« Er klang erfreut.

»Das nehme ich an. Aber ich glaube nicht, dass das eine gute Idee ist.«

»Wie kommst du darauf?«, fragte er.

Sie dachte an all die Hürden, die ihr im Weg stehen würden. »Es gibt mehrere Gründe. Der erste ist, dass ich Angst habe. Lehrerjobs sind heutzutage nicht leicht zu bekommen, und es könnte schiefgehen. Dann gibt es da noch den Interessenkonflikt … Ich weiß bereits, wofür ich dein Geld ausgeben möchte.

Und darüber hinaus ist da noch … der erste Punkt.« Sie sah weg und nahm einen Schluck von ihrem Screwdriver. Sie brauchte jetzt sofort dringend ein bisschen zusätzlichen Mut.

John streckte die Hand aus, griff unter ihr Kinn und hob es an, bis sie keine andere Wahl hatte, als ihm in die Augen zu sehen. »Der erste Punkt wird nicht verschwinden. Daran wird sich nichts ändern. Sei dir also darüber im Klaren, dass du jeden Tag sexuell belästigt werden wirst.« Seine Stimme klang nur leicht humorvoll. »Das steht fest, Baby.« Er machte eine Pause, um zu sehen, ob sie ihn auch verstanden hatte, und fuhr dann fort. »Das Geld für das Altenheim ist etwas anderes. Es wird nicht aus dem bestritten, was ich für die Stiftung beiseitelege. Es wären Zusatzkosten.« John beobachtete Sarah, während er zu verdeutlichen versuchte, wie es sein würde. Er hatte eigentlich keine Zeit gehabt, gründlich darüber nachzudenken, bevor das Angebot über seine Lippen kam. Doch je mehr sich die Idee festsetzte, desto besser gefiel sie ihm. Tatsache war, dass er jemanden brauchte, und soweit er das beurteilen konnte, war Sarah perfekt für den Job geeignet. Er hätte sie damit auch immer in seiner Reichweite. Es würde sie zusammenbringen, und wenn er sie überzeugen konnte, ihren Job in Dallas aufzugeben, dann wäre sie finanziell von ihm abhängig. Das war ein äußerst erotischer Gedanke. Er wollte sie gern mit allem von sich abhängig machen. Mit ihrem Einkommen, ihrer Sicherheit, *ihren Orgasmen.*

Sarah bemerkte, dass er »wären« gesagt hatte. Als ob er immer noch erwog, ihr Projekt zu finanzieren, aber sich noch nicht dazu verpflichtet hätte.

John versuchte weiter, sie von seiner Denkweise zu überzeugen. Sie dazu zu bringen zuzustimmen wäre der erste Schritt. »Und wegen der Angst … Warum probierst du es nicht aus und guckst, ob es dir gefällt? Du hast fast noch den ganzen Sommer, um dich letztendlich zu entscheiden. Ansonsten bezahle ich dich für die paar Wochen und du hast ein bisschen was für dein Sparkonto.«

Bei ihm hörte es sich so einfach und vollkommen logisch an. Sarah dachte an ihr praktisch nicht existentes Sparkonto. Er hatte recht. Hier bot sich die einmalige Gelegenheit auf ein paar Ersparnisse. Was hatte sie zu verlieren? Sie hatte diesen Sommer nichts weiter zu erledigen. Sie konnte tatsächlich unverbindlich ausprobieren, ob sie mit John zurechtkam, ob ihr der Job gefiel und vor allem, ob sie es aushielt, für ihn zu arbeiten. Es könnte sich zu einer gefährlichen Situation hochschaukeln, aber wenn sie ihren Lehrerjob nicht aufgab, was stand da schon auf dem Spiel?

»Bist du sicher?«, fragte sie ihn.

»Ja.«

»Okay, ich glaube, ich kann es den Sommer über versuchen. Aber es sollte nur ein Versuch sein, hörst du? Um zu sehen, ob wir miteinander zurechtkommen und so.«

Oh ja, er hatte sie fast. Einem plötzlichen Geistesblitz folgend beschloss er, dass sie heute Abend ihren Willen bekommen sollte. Er würde sie nicht zwingen, über Nacht zu bleiben. Er würde überhaupt nichts tun, was sie verscheuchen könnte. Er war nahe dran. So nahe dran, von ihr zu bekommen, was er wollte. Er würde sie verköstigen, mit ihr reden, ihr durch Gespräche die innere Unruhe nehmen, damit sie sich wohl bei ihm fühlte.

Und nachdem er sie dazu gebracht hatte, für ihn zu arbeiten, und sie sich sicherer in ihrer Beziehung fühlte, wäre er am Zug.

Es würde nicht mehr als ein paar Tage dauern.

Er konnte es kaum erwarten.

Fünftes Kapitel

Zwei Wochen später und John verlor langsam den Verstand. Wie zum Teufel Sarah es immer wieder fertigbrachte, aus seiner Reichweite zu tänzeln, hatte er noch nicht durchschaut. Doch sie hielt ihn sich auf alle Fälle vom Leib.

Er hatte ihr geholfen, ihr Homeoffice und ihr Ablagesystem einzurichten. Sie waren zur Bank gegangen, und er hatte ein Konto mit genug Geld darauf eröffnet, um die Stiftung für ein komplettes Jahr zu finanzieren. Er hätte sie fast bevollmächtigt, Schecks unterschreiben zu können, und der Grund, weshalb er davon Abstand genommen hatte, war nicht, weil er ihr nicht traute, sondern weil er sie auf diese Weise zu sehen bekäme. Wenn sie seine Unterschrift auf den Schecks brauchte, wäre er mit ihr auf Tuchfühlung.

Und fühlen wollte er sie. Der Drang, sie zu besitzen, ließ mit zunehmender Vertrautheit nicht nach. Er nahm eher noch zu. Jedes Mal, wenn er Sarah sah, war ihre Haut noch geschmeidiger, ihr Haar noch seidiger und ihr Mund noch reizvoller geworden. Wenn er sich nicht bald Erleichterung verschaffte, würde er noch durchdrehen.

Außer der sexuellen Anspannung, die er rund um die Uhr verspürte, lief alles wunderbar. Er hatte vollkommen richtig damit gelegen, jemanden einzustellen, der sich mit den unzähligen Details und den Leuten befasste. Er konnte nicht glauben, wie einfach es war. Wenn sich jemand direkt an ihn wandte, konnte er ihm Sarahs Karte geben. Erhielt er eine E-Mail, leitete er sie einfach weiter. Es war eine Win-win-Situation. Er hatte ein ruhiges Gewissen, weil er einen beträchtlichen Geldbetrag spendete, aber er musste sich nicht mit dem ganzen Kram und den Leuten befassen.

Das dachte er zumindest, bis er die Tierklinik betrat, um das Impfzubehör für sein Vieh abzuholen. Sofort, nachdem ihn die Arzthelferin am Empfang herzlich begrüßt hatte, bat sie ihn zu warten und verschwand im Büro. Ein paar Augenblicke später erschien Dr. Hammond, um mit ihm persönlich zu sprechen. John mochte Daniel Hammond. Sie hatten zusammen die Highschool besucht und der Mann war ein Profi und knallharter Verhandlungspartner.

Sie schüttelten einander die Hände und nach ein paar Begrüßungsworten kam der Tierarzt auch schon zum geschäftlichen Teil. Der Mann begann sofort, über seine Schwester und ihre Arbeit in einem Tierheim in San Antonio zu sprechen.

John war klar, worauf die Unterhaltung abzielte, und er wusste, dass es jetzt Zeit war, eine von Sarahs Visitenkarten zu zücken und auf den Tresen zu legen.

Aber er brachte es nicht fertig.

Er musterte den anderen Mann und sah Dinge, die ihm zuvor nie aufgefallen waren. Gewiss, er wusste das Wesentliche. Der Typ war alleinstehend und im selben Alter wie er. Was ihm jedoch nie aufgefallen war oder worüber er nie nachgedacht hatte, war, dass dieser Mann gut aussehend war. Der Arzt war gebildet und hatte mehr als ein ordentliches Auskommen. John warf der Arzthelferin am Empfang einen kurzen Blick zu und sah sofort, dass sie nicht genau wusste, auf wen der beiden Männer sie ihr Augenmerk richten sollte. Ihre Blicke wanderten ständig zwischen den beiden hin und her, als ob sie herauszufinden versuchte, wer von beiden mehr nach ihrem Geschmack war.

John runzelte die Stirn, als ihm klar wurde, dass er diesem Typen auf gar keinen Fall Sarahs Karte geben konnte. Er entschloss sich schnell, die Sache selbst in die Hand zu nehmen. »Wie viel würde helfen?«

Hammond nannte eine Summe, die für John akzeptabel war.

Er schüttelte Hammond die Hand, nahm seine Impfsachen vom Tresen und schickte sich an, zu gehen. »Ich bringe im Verlauf der Woche einen Scheck vorbei.«

****

Später an diesem Tag sah John Sarah über den Küchentisch hinweg an.

»Das verstehe ich nicht«, sagte sie verdutzt.

»Da gibt es nicht viel zu verstehen, Baby. Stell einfach den Scheck aus.«

»Du willst einfach so einen Scheck über dreitausend Dollar für das Loving-Hands-Tierheim?«

»Genau«, antwortete er kurz und bündig.

»Soll ich ihn nicht wenigstens mit der Post schicken?«, fragte sie.

»Nein«, antwortete er so arglos, wie er konnte.

»Warum nicht?«

»Weil ich das nicht möchte.« Er wusste, dass seine Antwort sie nicht zufriedenstellte, doch es war ihm scheißegal.

»Habe ich etwas falsch gemacht?«, fragte sie mit leiser Stimme und völlig durcheinander.

John beobachtete, wie Sarah von einem auf den anderen Fuß trat. Sie wirkte ruhig und reserviert, und er wusste, dass seine Bitte sie durcheinandergebracht hatte. Sie verstand offensichtlich nicht, warum er ihr diese Sache nicht überließ. In den zwei Wochen, die sie nun schon für ihn arbeitete, hatte er ihr alles überlassen. Die Telefonate, die E-Mails, die Entscheidungen und die Durchführung. Kein Wunder also, dass sie ein bisschen verwirrt war.

Wie viel sollte er ihr erzählen? Wie ehrlich sollte er genau sein? Er hatte es satt, auf sie zu warten. Vielleicht würde die Wahrheit die Sache zwischen ihnen beschleunigen. »Daniel Hammond, der örtliche Tierarzt, hat mich um die Spende gebeten, und ich werde sie morgen in seinem Büro vorbeibringen.«

Sie entspannte sich fast sichtbar. »Oh, das musst du nicht. Ich übernehme das. Ist ja schließlich mein Job.«

»Nein, *ich* werde das machen.« Langsam hatte er die Nase voll.

»Aber …«

»Kein Aber, Baby. Ich kümmere mich darum. Du nimmst nicht den Scheck, du gehst nicht zu seinem Büro, du erledigst das nicht.«

»Warum nicht?«

Er warf ihr einen finsteren Blick zu, seine Geduld war am Ende, und dann sagte er einfach, was er dachte. »Weil er Single ist, du bildhübsch bist und ich nicht will, dass du in seine Nähe kommst.«

Als sie seine Worte zur Kenntnis genommen hatte, verdunkelte sich ihr Gesicht mit einem Ausdruck, der ihm signalisierte, dass sie dachte, er sei zu weit gegangen. Vielleicht war er das. Aber sie würde dort nicht hingehen und keine Unterhaltung mit diesem elenden Mistkerl führen, solange er lebte.

»Das ist lächerlich«, stieß sie hervor.

Seine Ungeduld schnürte ihm die Kehle zu und war nahe daran, den Kampf gegen die Kontrolle zu gewinnen. Er holte tief Luft, doch es war zu spät. Alles in ihm zog sich vor Verlangen zusammen. Sie hatte ihn schon so lang mit einer faulen Ausrede nach der anderen hingehalten. »Du willst da wirklich hingehen? Du willst wirklich, dass ich dir erkläre, warum es *nicht* lächerlich ist? Du willst mich dazu drängen, etwas zu sagen? Du willst mich dazu bringen, um diesen Tisch herumzukommen und dich zu berühren?«

Ihr Blick fiel auf Johns Lippen und ihr Mund zitterte. Er fühlte, wie teuflische Flammen der Begierde in ihm aufloderten und in seiner Leistengegend ein wildes Feuer entzündeten.

Sarah stand unbeweglich da, und so sehr er sich auch bemühte, er konnte es sich nicht verkneifen, um den Tisch herumzugehen, wie er es angedroht hatte. Sie tat ein paar Schritte zurück, und gerade als er die Hand nach ihr ausstrecken wollte, zerriss ein Gebimmel die Stille, das von ihrem Handy stammte.

Mit einer ruckartigen Bewegung wandte sie sich ab und nahm das Gespräch entgegen. Er blieb dicht bei ihr stehen, missachtete ihren Wunsch nach Distanz und gab nicht mal vor, dass er nicht mithörte, was sie sagte.

»Hallo?« Sie machte eine Pause und John kam einen Schritt näher. »Was hast du gesagt?« Sie sah aufgewühlt aus, während sie in das Handy sprach. Sie sah ihn mit stechendem Blick an, schaute dann aber schnell wieder weg und holte tief Luft. »Ja, okay. Gut. Ich kann jetzt nicht sprechen, ich bin nicht allein.« Sie hörte zu und beantwortete dann die Frage fast zögerlich, als ob sie negative Konsequenzen befürchtete. »John.« Er beobachtete sie genau, obwohl sie sich wegdrehte. »Ich hab's verstanden, Jaime. Wir sehen uns Freitagabend.« Sie beendete das Gespräch, ließ das Handy sinken und ging zum Kühlschrank.

In Abwehrhaltung mit ihm zugewandtem Rücken holte sie zwei Flaschen Wasser aus dem Kühlschrank, stellte eine, die offensichtlich für ihn gedacht war, auf den Tisch und drehte den Verschluss der anderen auf.

Er ließ die Flasche auf dem Tisch stehen und lehnte sich gegen die Arbeitsplatte. Es kümmerte ihn nicht, dass Sarah versuchte, ihn zu ignorieren. Was ihn jedoch sehr wohl kümmerte, war, dass sie nichts sagte. *Sie verheimlichte ihm etwas.* Er verschränkte die Arme vor seiner Brust und war bemüht, sich im Zaum zu halten, bevor er völlig die Fassung verlor. »Mit wem triffst du dich Freitagabend?«

Sie nahm ein Geschirrhandtuch, rieb an einem unsichtbaren Fleck auf der Arbeitsplatte und sagte kurz angebunden über die Schulter: »Mit Jaime.«

Er biss die Zähne zusammen und nahm einen kräftigen Atemzug. Auf keinen Fall würde sie wieder mit dieser Tussi herumstreifen. Wenn sie auch nur eine Sekunde glaubte, er würde sie wieder zu diesem gottverdammten Aufreißerschuppen ziehen lassen, dann hatte sie offenbar Wahnvorstellungen. Er ärgerte sich ernsthaft über sich selbst, denn er hatte das Geld dafür vorgestreckt, dass der verdammte Laden eröffnen konnte. Es erschien ihm damals eine ziemlich gute Idee zu sein, und jetzt konnte er nur sich selbst die Schuld dafür geben. Für einen kurzen Moment kam es ihm in den Sinn, das Darlehen einzufordern. Steven wäre gezwungen, den Laden zu schließen, und das würde Sarah ganz sicher davon abhalten, in Zukunft dort hinzugehen. *Mist!* Das konnte er nicht tun. Er biss sich in die Wange, bis er Blut schmeckte.

Sie machte ihn völlig wahnsinnig. Dachte sie wirklich, er würde sie wieder mit dieser Frau ausgehen lassen? Er brauchte Gewissheit, dass Jaime die geschwätzige Tussi war. »Und Jaime wäre wer? Der Schwanzblocker?«

Sie verstummte vollkommen, drehte sich um und sah ihm in die Augen. »Wie bitte? Der *was?*«

»Schwanzblocker.«

Sarah starrte ihn an und drückte die Schultern nach hinten. Er konnte unmöglich gesagt haben, was sie meinte, gerade gehört zu haben. Der Mann war ein Arschloch, einfach unerträglich. »Und das wäre …« Ihre Stimme verlor sich, als sie nach der Wortbedeutung fragte.

»Die Tussi, die versucht, meinen Schwanz davon abzuhalten, in deine Mu…«

»*Halt den Mund!*«, schrie sie durch den Raum und schnitt ihm das Wort ab. »Nein! Du hast das gerade nicht gesagt!«

Sarah versuchte, ihren rasenden Herzschlag unter Kontrolle zu bekommen, während er dastand und sie musterte. Sie starrten einander an, bevor er schließlich auf leise, übermäßig beherrschte Weise sprach. »Wohin, glaubst du, gehst du mit ihr am Freitagabend?« Wenn man ihn hörte, konnte man glauben, es handele sich um ein verrücktes kleines Hirngespinst in ihrem Kopf, das auf keinen Fall Realität werden würde.

Absichtlich verlieh sie dem Klang ihrer Stimme eine gewisse Art von Kaltschnäuzigkeit, als sie ihm antwortete. »Ins Cut-n-Shoot.«

»Nein, das wirst du nicht.« Seine Stimme war überlagert von einem unbeugsamen Kommandoton, als wäre er der verdammte König und sie sollte lieber erst gar nicht daran denken, ihm das unangefochtene Recht streitig zu machen, ihr zu befehlen, was sie zu tun und zu lassen hatte.

Oh zum Teufel, nein! Sie würde Freitagabend ins Cut-n-Shoot gehen, auch wenn sie es eigentlich gar nicht wollte. »Doch, werde ich.«

»Dazu wird's nicht kommen, Süße«, widersprach er in seinem lässigen Südstaatendialekt.

Die Selbstverständlichkeit seiner Worte verwirrte sie jetzt nur noch mehr. »Was ist passiert, dass du auf einmal mein Chef bist?«

»Ich *bin* dein Chef, Süße. Und da ist nicht die Spur einer Chance, dass du wieder diese engen Shorts anziehst und darin herumstolzierst, damit jeder verdammte geile Wichser einen Blick auf deinen Arsch werfen kann. Das wird nicht passieren. Nur wenn ich dich dorthin ausführe, wirst du je wieder die Möglichkeit haben, dieses Bumslokal noch einmal zu betreten. Und du kannst dich darauf verlassen, dass ich dich an der kurzen Leine halten werde.«

Sarah hörte seine Worte und hatte das Gefühl, ihr Kopf würde gleich explodieren. Seine Arroganz war unglaublich. Er stand da herum, trug diese verdammten abgewetzten Stiefel, hatte die Arme verschränkt und sein Bizeps zeichnete sich unter seinem schwarzen T-Shirt ab. Sein Gesichtsausdruck sagte alles, und warum zum Teufel war er so sexy? Warum war sie auch jetzt so dermaßen angetörnt von ihm, dass sie fast ohnmächtig wurde? Verdammt! Was stimmte denn nicht mit ihr? Sie hatte ihr ganzes bisheriges Leben in Texas verbracht, und noch *nie* war ihr ein Mann wie er begegnet. Der gesamten weiblichen Bevölkerung zuliebe sollte sie diesen verdammten Job aufgeben, John aus ihrem Haus werfen und sich weigern, je wieder mit ihm zu sprechen. Warum hatte sie dieses hinterlistige kleine Gefühl, dass es so nicht enden würde?

Sie versuchte, ihre Verwirrung mit Angriffslust zu kaschieren. »Du kannst mir nicht sagen, was ich tun kann und was nicht!«

Er starrte sie unverwandt an und antwortete gereizt: »Kann ich sehr wohl.«

Mit kaltem, aggressivem Blick sah sie ihn an. »Du hast nicht das Recht dazu.« Sie spuckte die Worte verachtungsvoll aus.

Er stieß sich von der Arbeitsplatte ab und richtete sich zu voller Größe auf. Seine Augen verdunkelten sich. Er zahlte es ihr sofort heim. »*Ich habe jedes verdammte Recht dazu!*« Die Worte wurden in barschem, aufgebrachtem Zorn gesprochen. Sie waren unbeugsam und bedrohlich, als sie über seine vor Wut zusammengepressten Lippen kamen. Sarah konnte buchstäblich sehen, wie seine Gereiztheit auf tausend Grad hochkochte.

Plötzlich änderte sich die Atmosphäre zwischen ihnen. Sie lud sich um sie herum auf und die stets zwischen ihnen herrschende sexuelle Spannung prallte in neuer Form daran ab. *Eine gefährliche Form.* Er hatte sie herausgefordert, und Sarah wusste, dass mit den Worten, die er gerade ausgesprochen hatte, ihr Leben kurz davor stand, sich auf die eine oder andere Weise zu ändern. Entweder würde er Teil davon sein oder nicht. Und sie wusste mit einer Sicherheit, die sie schockierte, dass sie wollte, er wäre ein Teil davon.

Trotzdem hielt es sie nicht davon ab, den Kampf mit ihm aufzunehmen, um ihre Unabhängigkeit zu behalten und ein paar passende Grundregeln aufzustellen. »Ich gehöre dir nicht. Ich bin nicht dein Eigentum.«

Er kam auf sie zu. »Wir können *diese Scheiße jetzt sofort regeln!*«

Sie hielt eine Hand hoch, um ihn abzuwehren. »Komm ja nicht näher.«

»Schwachsinn.« Er kam weiter auf sie zu. »Ich habe die Nase gestrichen voll. Mir reicht es, dass ich ständig einen *gottverdammten* Eiertanz aufführen muss. Du gibst sowieso erst nach, wenn ich dich dazu zwinge.«

»Nachgeben?«, kreischte sie, als sie den Tisch zwischen sich und ihn zog. »*Mich dazu zwingen?*«

»Ja, gib auf. Das Konzept ist unheimlich einfach, Baby. Du. Ich. Nackt. Wahlweise ein Bett. Und vertraue mir. Du willst mich so sehr, dass Zwang nicht ins Spiel kommen wird. Du glaubst, ich wüsste nicht, dass du schon feucht bist wegen mir? Du glaubst, ich wüsste nicht, dass du mehr mit dir selbst als gegen mich kämpfen musst?«

Sarah wurde von Sekunde zu Sekunde wütender. Aber sie wusste, dass die meiste Wut gegen sie selbst gerichtet war. Wie hatte ihr das nur passieren können? Wie konnte sie sich nur in einen solch gefühllosen, abgebrühten, unverschämten, sturen Mistkerl vergucken? War er sexy? *Aber hallo!* War er scharf? Unglaublich! Brachte er sie dazu, ihm die Kleider vom Leib reißen zu wollen und ihn von Kopf bis Fuß und überall dazwischen zu erkunden? Gott, ja!

Während sie ihm gegenüberstand, lediglich der Tisch zwischen ihnen, fühlte sie, wie Erregung in ihr aufstieg und sich mit der Wut einen Kampf um die Vorherrschaft lieferte. Ihre

Nasenflügel blähten sich. »Bleib mir vom Leib!« John verharrte einige Sekunden lang und umrundete dann schnell den Tisch. Er streckte die Hand nach ihr aus. Nur mit Mühe wich sie vor ihm zurück. Doch schon war seine Hand wieder da, ergriff ihr Handgelenk und hinderte sie an der Flucht.

Mit einer schnellen Bewegung zog er sie zu sich heran, und ihre Oberkörper stießen heftig gegeneinander. Sie begann sich zu drehen und zu winden und versuchte, von ihm wegzukommen, doch mit einem schnell ausgeführten Manöver drehte er ihr mit einem Griff, der sie rücksichtslos in Schach hielt und ihrem Ringen ein Ende setzte, im Nu den Arm auf den Rücken. Eine heiße Welle durchströmte ihr Becken. Sie hatte keine Angst. Er tat ihr nicht weh, solange sie vollkommen still dastand. Doch als sie wieder zu zappeln versuchte, verstärkte sich sein Griff, und sie gab schließlich komplett auf. Ihre Augen loderten, als ihr bewusst wurde, dass ihr Körper vollkommen bezwungen war. Sie starrte hinauf in sein Gesicht und erkannte das animalische Feuer in seinen Augen. Ihr verbales Duell war plötzlich zu einem Kampf um sexuelle Dominanz geworden. Und der strenge, bestimmte Ausdruck, den sein Gesicht angenommen hatte, der aggressive Griff, mit dem er sie festhielt, ganz zu schweigen von der Lust, die durch ihre Blutbahnen schoss, sagten ihr, dass nicht mehr viel fehlte, um ihnen beiden die letzten Hemmungen zu nehmen.

Warum sie das Bedürfnis hatte, sich weiter mit ihm zu streiten, wenn alles, was sie eigentlich wollte, sein gestählter Körper über ihrem war, wusste sie nicht. Vielleicht, weil er einfach so verdammt arrogant war und sie *wusste,* was gleich passieren würde, aber sie wollte es ihm nicht leicht machen. Sie wollte nicht leicht zu haben sein. Er hatte es geschafft, ihren Körper unter Kontrolle zu bekommen, doch sie hatte immer noch ihren Mund, um sich gegen ihn aufzulehnen, und den gebrauchte sie jetzt. »Was wirst du jetzt machen? Mich vergewaltigen?«

Er ließ ein raues Lachen vernehmen. »Vergewaltigen? So ein Blödsinn! Du wirst mich innerhalb von zwanzig Sekunden anbetteln, in dich einzudringen.«

Sarah bezweifelte nicht eine Sekunde lang, dass er recht hatte. Oh, sie wusste nur zu gut, wohin dies führen würde. Sie wusste, wohin sie verzweifelt *wollte,* dass es führte. Als sie zu John aufsah, ihre Gesichter nur Millimeter voneinander entfernt, bemerkte sie seine entschlossenen Gesichtszüge, seinen zusammengekniffenen Mund und seine zu Schlitzen feuriger Lust verengten Augen.

Eine weitere Welle der Erregung erfasste sie, und er presste seine Lippen noch fester aufeinander, als fühlte er die Schwingungen, die sie durchliefen. Ein frostiger Ausdruck zeichnete sich um seinen Mund ab, als er fast knurrend hervorstieß: »Verhütest du?«

Sarah hatte gedacht, dass er sie eigentlich nicht mehr schockieren konnte, doch das war ein Irrtum. Seine Frage schwang zwischen ihnen, und sie fühlte sich, als hinge sie über einem Abgrund. »Das geht dich nichts an.«

Sein Gesichtsausdruck erstarrte in Missbilligung, obwohl sein Mund sich ihrem näherte. »Ich werde dich gleich persönlich damit bekannt machen, warum es mich etwas angeht.« Sein Kuss war brutal und so voller Leidenschaft, dass es sie von oben bis unten elektrisierte. Seine Zunge schob sich in ihren Mund und seine Hand hielt weiter ihren auf den Rücken gedrehten Arm fest, als er ihr eine weitere Lektion in männlicher Dominanz erteilte.

Während er sie küsste, begann er vorwärtszugehen, und die Kraft seiner Bewegung schob sie rückwärts, bis ihr Rücken gegen die Wand stieß und ihr noch immer verdrehter Arm nun gegen den rauen Wandputz gedrückt wurde. John schob ein kräftiges Bein zwischen ihre und hob es an, bis ihre Beine über seinem Oberschenkel gespreizt waren. Ihre Genitalien waren gegen ihn gepresst und sie hatte keine Kontrolle über seine Bewegungen. Als er sie rücksichtslos küsste, blieb ihr nur ein kurzer Moment, an ihrem Verstand zu zweifeln, dann wurde ihr fassungslos bewusst, wie sehr sie die Kraft anmachte, die er einsetzte. Nicht einer ihrer zugegebenermaßen wenigen Liebhaber hatte je seine Stärke gegen sie eingesetzt. Sie waren durch und durch einfühlsam gewesen und sogar so weit gegangen, sich zurückzulehnen und ihr die Führung beim Liebesspiel zu überlassen. Johns Art war im Vergleich dazu unbeschreiblich aufregend. Und sie war eine willige Mitwirkende.

Der Griff, mit dem er sie festhielt, war kompromisslos. Als sie ihren Arm beugte, um zu prüfen, wie viel Kraft er einsetzte, verstärkte sich der Druck auf ihr Brustbein so schlagartig, dass sich feuchte Wärme zwischen ihren Schenkeln ausbreitete. Sarah drückte sich gegen die stählernen Muskeln von Johns Oberschenkel und versuchte, sich ein wenig Erleichterung zu verschaffen. Wieder küsste er sie. Gleichzeitig schob er sein Bein kräftig nach oben und drückte seinen Oberschenkel gegen ihr weiches Fleisch. Dieser doppelte Angriff war mehr, als sie ertragen konnte, und ein leises Stöhnen entfuhr ihr.

Er musste es gehört haben und kam nun richtig in Fahrt. Mit einem Knurren, das aus den Tiefen seines Zwerchfells kam, begann John an ihren Lippen zu saugen, zu beißen, zu lecken und alles zu nehmen, was er von ihr bekommen konnte.

Das reichte, um ihre Erregung über die Richterskala hinausschießen zu lassen. Sie begann, seinen Kuss wild zu erwidern, zurückzugeben, was sie bekam, und das Feuer zwischen ihnen noch mehr anzuheizen.

Der Griff, mit dem er sie festhielt, war fesselnd, heiß, erregend, aber sie wollte ihn berühren. Tief in ihrer Kehle versuchte sie, Worte zu formulieren und die Hand zu befreien, die er hinter ihrem Rücken festhielt. Mit ihrer freien Hand griff sie seitlich seinen Kopf, pflügte mit ihren Fingern durch seine

Haarsträhnen und begann dann, an seinen Haaren zu ziehen. Sie zog, gab nach und zog wieder, und schließlich ließ er ihren Arm los.

Ab diesem Zeitpunkt nahm ihr Miteinander explosive Züge an. Sie schlang ihren freien Arm um seine Taille, und auch er ergriff ihre Mitte und zog sie so dicht zu sich heran, dass auch der letzte Abstand zwischen ihnen verschwand. Doch auch das war nicht nahe genug für ihn, und so glitt seine Hand unter ihr T-Shirt und sie fühlte seine heiße Berührung auf ihrer bloßen Haut.

John dachte, sein Kopf würde zerbersten. Sie war genau dort, wo er sie haben wollte, genauso geil, wie er sie haben wollte, und sie reagierte auf ihn mit einer wilden Unbändigkeit, die ihn begeisterte. *Gott, ja.* Er hatte sie seit Langem gewollt. So verdammt lang hatte er auf sie warten müssen. Keiner hätte das mitgemacht. Er hatte nie daran gedacht, sich mit einer anderen Erleichterung zu verschaffen. Seitdem er sie zum ersten Mal geküsst hatte, musste es sie sein. Und jetzt hatte die Warterei ein Ende.

Die Haut auf ihrem Rücken war seidig und glatt, doch schon bald wollte er mehr und seine Hand glitt nach vorn, bis sie ihre feste, in Spitze gehüllte Brust umschloss. Die Erregung in seiner Leistengegend wurde stärker und er schwoll zu voller Größe an. Ein Knurren tief aus seiner Kehle war zu hören, als er ein Körbchen ihres BHs hinunterzog und seine Handfläche den süßen Hügel ihrer Brust fühlte. Er hatte sich nicht genug unter Kontrolle, um innezuhalten und langsamer vorzugehen und das Gewicht ihrer Brust zu spüren. Er hielt sie eng umschlossen, griff ihre Brustwarze mit Daumen und Zeigefinger, rollte sie, bis sie sich aufrichtete, und zog und zwickte sie, bis sich Sarah in stoßförmigen Bewegungen und einem Rhythmus gegen ihn drückte, der ihm den Schweiß auf die Stirn trieb.

Er spürte ihre feuchte Erregung und wäre fast in seiner Hose zum Höhepunkt gekommen, doch dann riss er sich mit aller Kraft zusammen.

Nur kurz ließ er sie los, aber nur, um seine Arme um sie zu legen und sie hochzuheben. Er steuerte in die Richtung, in der er ihr Schlafzimmer vermutete, und lief einen Flur entlang, von dem mehrere Zimmer abgingen. »Welches?«

Sie atmete schwer und antwortete nicht, und es war ihm sowieso egal. Er fand ein Schlafzimmer, drängte sich durch die Tür und ging mit Sarah hinüber zum Bett. Er legte sie auf den Rand und sie rappelte sich auf und setzte sich aufrecht hin.

Er gab ihr keine Gelegenheit nachzudenken. Er wollte, dass sie erregt und feucht blieb, und deshalb zog er ihr mit einer fließenden Bewegung das T-Shirt über den Kopf.

Ihr BH war verdreht und eine weiche, weiße Brust wölbte sich über die obere Kante des einen Körbchens. Er fiel vor Sarah auf die Knie, senkte den Kopf und begann an ihrer Brustwarze zu saugen, als hinge sein Leben davon ab.

Und vielleicht tat es das auch.

Sechstes Kapitel

Die Erregtheit, die von Sarahs Körper Besitz ergriffen hatte, lähmte ihren Verstand. Sie konnte nicht mehr klar denken, konnte nicht analysieren, was gerade passierte, konnte nur noch fühlen. Ihr Körper wurde zu einem Instrument der Lust und sie selbst zu einer Puppe, bei der John die Fäden zog.

Sie erwog noch nicht einmal mehr, gegen die Anziehungskraft anzukämpfen. All das hatte sie bereits hinter sich gelassen.

Johns Mund umschloss erregt ihre Brustwarze, und er saugte daran, bis die Spitze seinen Gaumen berührte. Es fühlte sich an, als würde ein Strom führender Draht seinen Mund mit ihrer Brust verbinden, und die köstliche Saugwirkung strahlte abwärts in ihren Schoß, direkt in das Zentrum ihrer Lust.

Die tiefe Verschmelzung seines Mundes mit ihrer Brust reichte fast aus, um Sarah zum Höhepunkt zu bringen. Sie wand sich auf dem Bett und fühlte dann Johns Hände an dem Bund ihrer Shorts. Er öffnete den Knopf und zog den Reisverschluss herunter. Sein Mund löste sich von ihrer Brust und ihre Blicke trafen sich, als sein Arm ihre Taille umfasste, er sie vom Bett anhob und ihr Shorts und Slip auszog.

Sie saß vor ihm, vollkommen nackt bis auf den verdrehten BH, und ihre Beine baumelten von der Bettkante. John sah sie gierig an, als er langsam ihre Schenkel auseinanderdrückte. Seine Finger glitten durch ihre Schamlippen und öffneten sie. Überrascht nahm Sarah einen tiefen Atemzug, als John kurz ihre Klitoris berührte, bevor er mit einer plötzlichen kräftigen Bewegung mit dem Finger in sie eindrang, was sie aufstöhnen ließ, während sie Blitze glühenden Verlangens durchzuckten.

Sie schloss die Augen, als er diesen forschen Finger bewegte und immer tiefer vordrang. Er hielt sie in einer beherrschenden Umklammerung, die sie jenseits jeglicher Vernunft erregte. Ihr Herz schlug völlig außer Kontrolle, sie schnappte nach Luft und fühlte, wie sie sich immer tiefer in sein Netz der Verlockung verstrickte und direkt auf den Orgasmus zusteuerte.

Johns Finger wirbelte in ihr herum, und mit geschlossenen Augen hörte sie das Rascheln von Kleidung und wusste, dass er seine Jeans aufknöpfte.

Er stieß fester mit seinem Finger in sie hinein und berührte eine Stelle tief im Inneren, die eine derartig intensive Erregung hervorrief, dass sie ihre Beine weiter spreizte, mit ihren Händen seine Schultern ergriff und sich daran festklammerte.

»Verhütest du?« Er war genauso außer Atem wie sie, und seine Stimme war ein leises Krächzen, das nach einer Antwort verlangte.

»Nimm ein Kondom.« Sie hatte genug Geistesgegenwart, um darauf zu bestehen, während sie nach Luft schnappte.

Ein Knurren kam tief aus seiner Kehle und er zog ihren Po zur äußersten Kante des Bettes. »Das ist keine gottverdammte Antwort. Ich will eine Antwort. Verhütest du oder nicht?«

»Ja, aber du musst ein Kondom nehmen.« Sie gab ihrer Aussage so viel Nachdruck wie möglich, aber der Sauerstoffmangel in ihren Lungen ließ ihre Stimme nach nicht viel mehr als einem erhitzten Flüstern klingen.

»Warum?«

Die einsilbige Frage klang widerwillig, und Sarah kam das Bild, wie John die Rothaarige in dem Lokal geküsst hatte, in den Sinn. Sie fing an, ihn wegzudrücken, als die Welle der Erregung von dem verstörenden Gedanken abgeschwächt wurde. »Weil ich nicht mit jeder Frau schlafen will, mit der du jemals Sex hattest!«, schrie sie.

Johns Gesicht war vor Zorn verzerrt, aber er verschwendete keine Sekunde daran, mit ihr zu streiten. Er zog seinen Finger aus ihrer Scheide und holte mit einer blitzschnellen Bewegung ein Kondom aus seiner Tasche, riss die Verpackung auf und streifte es über.

Er richtete sich auf, schob Sarah weiter auf das Bett und sie ließ ihren Oberkörper nach hinten fallen. Er kniete sich auf den Bettrand, nahm ihre Beine, legte sie rechts und links auf seine Hüfte und drang mit einem Stoß in sie ein, der sie völlig durchbohrte. Schon lagen seine Arme zu beiden Seiten ihres Kopfes, doch eine Hand fuhr jetzt unter eines ihrer Knie und hob es an, bis es über seinem Arm lag. In dieser Stellung öffnete sie sich ihm vollkommen und ohne jegliche Kontrolle. Sie wusste, dass es die Vergeltung dafür war, dass sie ihn gezwungen hatte, ein Kondom zu benutzen, obwohl sie verhütete. Es schmälerte nicht ihre sexuelle Erregung.

Sie umklammerte seinen Bizeps, versuchte trotz ihres völlig aus dem Takt geratenen Herzschlags zu atmen und sich auf seine Größe und sein Eindringen einzustellen. Sie war völlig gedehnt, befand sich in einem Schwebezustand, während er sich aus ihr zurückzog und mit so viel Kraft wieder in sie eindrang, dass sie die Augen aufriss.

Als ihr Blick wieder klar wurde, starrte er in ihr Gesicht, sah sie durchdringend an und bewegte sich nicht in ihr. Er füllte sie vollkommen aus, beherrschte sie völlig. Sie konnte ihren Oberkörper nicht bewegen, konnte überhaupt keine körperliche Reaktion zeigen, und ihr Herz klopfte so heftig, dass sie glaubte, es würde ihr gleich aus der Brust springen.

John hob eine Hand, mit der er sich seitlich ihres Kopfes abgestützt hatte, und umklammerte ihr Kinn. »Das Spiel ist aus, Sarah«, sagte er mit tiefer, beherrschter Stimme. Er zog sich aus ihr zurück, um dann erneut mit aller Wucht in sie einzudringen und dort zu verharren. »Ich gewinne. Verstanden?«

Eine erregende Feuersbrunst pulsierte durch ihre Blutbahnen, und sie versuchte, ihr Becken an seinem zu reiben, ein stilles Zeichen dafür, dass sie mehr wollte. Er antwortete mit einem weiteren kontrollierten, tiefen Stoß. Sie stöhnte auf.

Er schauderte und ließ seinen Blick nur für eine Sekunde sinken, bevor er wieder ihr Kinn drückte. »Ich will keinen Mist mehr hören. Erzähle mir nicht wieder, ich hätte nicht das Recht. Ich erhebe einen Anspruch auf das verdammte Recht. Ich erhebe einen Anspruch auf dich. Und du wirst mir nicht entkommen, deshalb versuche es erst gar nicht.«

Sie fühlte nur noch Erleichterung, dass er die Kontrolle übernahm. Erleichterung drüber, dass sie ihm jetzt nachgeben konnte. Sie wollte es so sehr. Vielleicht machte sie es sich leicht damit, aber das war ihr egal. Seine Persönlichkeit war herausragend und er war der Typ Mann, der jede Frau, die er wollte, haben konnte. Sie war immer noch ein bisschen sprachlos darüber, dass sie überhaupt seine Aufmerksamkeit erregt hatte.

Sie antwortete ihm nicht verbal, sondern verstärkte ihren Griff an seinen Schultern und drückte ihre Hüften gegen seine.

Er reagierte sofort mit einem Stoß, der so kraftvoll war, dass sie nach Luft schnappte. »So ist es richtig, Baby.«

Er nahm die Hand von ihrem Kinn, öffnete ihren BH, der sich um ihren Bauch gewickelt hatte, und warf ihn fort. Seine Finger griffen in ihre Haare, hielten ihren Kopf ruhig und sein Mund näherte sich ihren Lippen. Der Kuss war innig, ihre Zungen wanden sich umeinander, während John stetig in sie eindrang und sich wieder zurückzog. Sarah rang nach Luft und riss ihre Lippen von seinen los.

Sein Mund fand ihr Ohr und seine Zähne berührten leicht ihr Ohrläppchen. Seine geflüsterten Worte klangen erregend in ihren Ohren, fast zärtlich, als er hauchte: »Du bist vollkommen.

Wie Seide. Sei später nicht sauer auf mich.« Er ließ seine Hände sinken, griff unter ihren Po, hob ihn an und stieß noch tiefer in sie hinein. Sein Mund flüsterte leidenschaftlich: »Mein Gott, Sarah, ich wusste, dass es mit dir so sein würde.«

Sarah vernahm seine geflüsterten Worte und ihre Lider schlossen sich, als ein Gefühl, das zu neu war, um es zu benennen, versuchte, völlig von ihr Besitz zu ergreifen. Auch sie hatte gewusst, dass es so sein würde, und die Verletzbarkeit in seiner Stimme berührte sie. Sie verlor sich bereits in der Art, wie er sie ansah, den Dingen, die er ihr zuflüsterte, und der Weise, wie er immer wieder in sie eindrang. Einer Erlösung entgegen, die sie vor Vorfreude erschauern ließ.

Er hob den Kopf vom Kissen und sein Mund schob sich, nach etwas verlangend, das sie ihm so dringend geben wollte, wieder über ihren. Seine Zunge glitt in ihren Mund, und als sie spürte, wie sein kraftvoller Körper und sein Mund zu beben begannen, zitterte auch sie.

Das war das Letzte, an das sie sich erinnerte, bevor ihr Verstand in einer Vielzahl von Farben und leidenschaftlicher Ekstase explodierte, wie sie es noch nie zuvor erlebt hatte. Sein lang gezogenes, tiefes Stöhnen verschmolz mit ihrem, als sie zusammen zum Höhepunkt kamen.

John presste seinen Kopf in das Kissen und versuchte, seinen rasenden Herzschlag zu beruhigen. Er zog sie an seine Seite und hielt sie an sich gedrückt. Seine Atmung war noch immer völlig außer Kontrolle, und seine Lungen pumpten die Luft ein und aus, als wäre er gerade einen Marathon gelaufen. Das Gefühl echter, schlichter Befriedigung durchströmte ihn. Der Sex war unglaublich gewesen, sein Höhepunkt schlug alles bisher Dagewesene. Der Griff, mit dem er sie umfasste, verstärkte sich besitzergreifend, ohne dass er einen Einfluss darauf hatte. Die Erinnerung an seinen Orgasmus pulsierte in ihm in einem unerbittlichen Takt, der nach *mehr* verlangte.

Und genau das plante er. Bald. Oh ja! Es war so gut gewesen, wie er erwartet hatte.

Doch warum hatte er kein Kondom benutzen wollen? Er benutzte *immer* ein Kondom, denn er vertraute den Frauen nie, wenn sie vorgaben zu verhüten. Und in Bezug auf ihre Gesundheit auch nicht. Niemals.

Warum war es bei Sarah anders gewesen? Nicht nur, dass er ihr geglaubt hatte, als sie behauptete, sie würde verhüten; aus irgendeinem gottverdammten Grund hatte vielleicht das strahlende Licht über ihrem wunderschönen, seidigen Haar ihn dazu veranlasst, ihr instinktiv zu vertrauen, dass sie keine Geschlechtskrankheiten hatte.

Es war eine Besonderheit, die er nicht erklären konnte. Seine Gedanken glitten einen dunklen Tunnel hinab in die Vergangenheit, als er an all die Frauen dachte, die er gevögelt hatte. Es waren viele gewesen. Doch er war immer vorsichtig gewesen. Vorsichtig, seinen Samen nicht zu verbreiten, vorsichtig, sich nichts einzufangen, das er nicht mehr loswerden würde.

Er war extrem vorsichtig geworden, seitdem er seine Frau dabei erwischt hatte, wie sie ihn betrog. Sie war der Star in ihrer kleinen Stadt gewesen. Jeder dachte, sie sei engelsgleich und wunderschön. Es war ein gewaltiger Schock für ihn gewesen herauszufinden, dass sie keine Jungfrau mehr war, obwohl sie ihn zum Handeln gezwungen hatte, indem sie ihn warten ließ. Und nicht nur das! Ihre sexuellen Neigungen gingen in eine Richtung, an der er nicht interessiert war. Ihr Sexleben hatte sie innerhalb von Monaten nach ihrer Hochzeit gelangweilt, und sie hatte begonnen, sich zu beklagen und nach neuen und besseren Wegen zu suchen, es aufzupeppen. Er erinnerte sich an seine naive Annahme, sie würde damit flauschige pinkfarbene Handschellen oder essbare Slips meinen. Was für ein dämlicher Idiot er gewesen war. Nein, ihre Vorstellung von Aufpeppen war ein flotter Dreier mit einem weiteren Mann gewesen, und das war John so verdammt lächerlich erschienen, dass er ihr mitten ins Gesicht gelacht hatte, obwohl er es kein bisschen lustig fand.

Er erinnerte sich daran, verletzt gewesen zu sein, doch überraschenderweise nicht eifersüchtig. Ihr abartiger Vorschlag hatte ihn jedoch angeekelt und ihr Sexleben war die nächsten ein oder zwei Wochen recht fade gewesen. Grund genug für sie, in das Bett seines besten Freundes zu kriechen.

Das hatte ihn beinahe umgebracht. Nicht ihre Untreue, sondern dass ihm sein Freund und Geschäftspartner Hörner aufgesetzt und hinter seinem Rücken mit seiner Frau geschlafen hatte. Das hatte dem Fass den Boden ausgeschlagen. Von jenem Tag an wurde er ein totaler Zyniker. Seine barsche Haltung und grundlegende Veranlagung waren über das Äußerste hinausgetrieben worden und befanden sich seitdem im freien Fall.

Er war kein Mann, der vergab, und innerhalb von Wochen hatte er die Scheidung eingereicht und einen Zwangsverkauf der Firma, für die er sich zehn Jahre lang den Arsch aufgerissen hatte, in Gang gesetzt. Sein Partner hatte all die Jahre hart an seiner Seite gearbeitet, und obwohl sie die Gewinne geteilt hatten, war die Rendite ihrer anfänglichen Investition beträchtlich. Solange er sein Geld gut anlegte, musste er nie mehr arbeiten.

Sein früherer Freund hatte seine Zelte abgebrochen und die Stadt verlassen. Johns baldige Exfrau hatte er nicht mitnehmen wollen, was sie völlig aus der Bahn geworfen hatte. Sie war bereits sehr dem Alkohol zugeneigt gewesen und hatte ab und zu auch Drogen genommen. Auch das hatte John erst kurz nach ihrer unter einem schlechten Stern stehenden Hochzeit herausgefunden. Das Wissen, dass sie ihn und sein Geld wegen eines knallharten Ehevertrages verloren hatte, hatte ihr einen Schlag versetzt, von dem sie sich nie wieder erholte.

An dem Tag, an dem sie starb, hatte nur noch ihre Unterschrift auf den Scheidungspapieren gefehlt. John fühlte in den

Wochen danach bloß schuldbewusste Erleichterung und Mitleid mit ihrem verwitweten Vater, der an jenem Tag sein einziges Kind verloren hatte.

Seine Gedanken schweiften in die Vergangenheit ab, während seine Hand über Sarahs seidigen Arm strich. Nachdem er herausgefunden hatte, dass seine Frau ein Flittchen war, war dies ganz gewiss das erste Mal, dass er ohne Kondom mit einer Frau schlafen wollte. Was er für Sarah fühlte, war nichts, was er analysieren mochte, aber er wusste zweifellos, dass es nicht in ein paar Wochen vergehen würde, wie bei all den vorherigen Partnerinnen, die er gehabt hatte. Er gestand sich mit ungutem Gefühl ein, dass er an Sarah als seine Frau, seine Geliebte, dachte und diese Bezeichnung keiner der anderen Frauen gegeben hatte, mit denen er ins Bett gegangen war. Das waren Frauen auf Zeit gewesen. Er wusste das, wenn er mit ihnen etwas anfing, und der einzige Grund, weshalb er sie brauchte, war die sexuelle Befriedigung, die sie ihm verschafften.

Jetzt drückte sie gegen den Arm, der sie an ihn presste, und er fühlte, wie sich sein Griff verstärkte. Wohin zum Teufel wollte sie?

»John.« Das leise Wort war eine Bitte, sie gehen zu lassen.

»Was?«

»Ich muss mich fertig machen.«

»Nein. Musst du nicht.«

»Ich muss aufs Klo«, fügte sie als Erklärung hinzu. Er wusste nicht, ob er ihr glauben sollte, doch er ließ sie los. Schließlich war es ihr Haus und er würde garantiert nirgendwo hingehen.

Sarah hob schnell ihr T-Shirt auf, um sich zu bedecken. Es war helllichter Tag und alles war so neu. Sie schauderte innerlich, als sie sich, so schnell sie konnte, auf den Weg ins Bad machte. Sie wusste nicht, was sie zuerst bedecken sollte. Ihr Körper war alles andere als perfekt und ihre Cellulitis in all ihrer Pracht zur Schau gestellt.

John beobachtete, wie sie ihr T-Shirt aufhob und es auf dem Weg durch das Zimmer vor ihre Brust hielt. Ihre Rückseite war großartig, prächtig, nackt. Er schob den Arm hinter seinen Kopf und genoss den Anblick. Ihr Arsch war perfekt.

Ihre Vorderseite war perfekt. Ihre Titten waren perfekt. Er spürte eine erneute Erektion, sah sich um, nahm ein Papiertaschentuch vom Nachtschrank und entfernte das benutzte Kondom. Er wischte sich ab und warf beides in den kleinen Abfalleimer unter dem Bett.

Als sie zurückkam, hob er die Hand, damit sie zu ihm kam, und nach kurzem Zögern lag sie in seinen Armen.

****

Zwei Tage später trocknete sich John nach dem Duschen gerade ab, als sein Handy klingelte. Er wickelte sich das Handtuch um die Hüften und war nicht mehr schockiert darüber, dass er sich sofort freute, Sarahs Namen auf dem Display zu sehen. Er war zwei Nächte hintereinander in ihrem Haus geblieben und jeden Morgen weggefahren, um nach seinem Vieh zu sehen. Der Sex mit ihr war unbeschreiblich. Da es Freitagabend war, entstand in ihm spontan der Wunsch, mit ihr in einem Diner in der Stadt zu Abend zu essen. Er wollte, dass jeder sie mit ihm sah. Er schob diesen merkwürdigen Gedanken von sich und gab seiner Stimme einen neckenden Klang, als er das Gespräch entgegennahm. »Hallo, Traumfrau.«

Einen Moment lang herrschte Stille am anderen Ende, und er dachte für eine Sekunde, dass die Verbindung nicht gut sei, doch dann sprach sie schließlich. »John.«

Vielleicht hatte er sie überrascht. Diesen albernen Namen hatte er seit jener einige Zeit zurückliegenden Nacht nicht mehr gebraucht. »Ja?«, fragte er.

Er hörte, wie sie tief einatmete, und dann sprach sie ohne

Pause oder erneutes Luftholen. »Ich weiß, dass du stinksauer sein wirst, aber ich finde, dass dazu kein Grund besteht, und ich werde dir das jetzt einfach sagen, und ich weiß, dass dir das nicht gefallen wird, aber ich will, dass du weißt, dass ich nicht versuche, dich zu beschwindeln oder etwas hinter deinem Rücken zu machen oder so, und deshalb will ich, dass du weißt, dass ich mit Jaime ins Cut-n-Shoot gehen werde.«

John versuchte, ihrem Wortschwall zu folgen, aber alles, was er hörte, war »Cut-n-Shoot« und »Jaime«. Seine Antwort kam unverzüglich: »Nein, das wirst du nicht.«

»Doch, werde ich. Sie hält gerade vor meinem Haus.«

»Du steigt nicht in das Auto ein!« Der Nachhall seiner Stimme dröhnte in seinem Kopf.

»Ich muss einsteigen. Sie ist meine Freundin.«

»Sarah, ich warne dich …«

»Ich werde gleich auflegen, weil ich nicht will, dass sie das hier hört. Sie ist meine Freundin, ich mag sie sehr, es geht ihr nicht gut, und sie möchte, dass ich mitkomme. Und dich kenne ich erst ein paar Wochen. Das mit uns ist alles so verrückt, aber hier ist mein Vorschlag.« Sie hielt inne und holte erneut tief Luft. »Ich wäre wahrscheinlich auch verärgert, wenn du ohne mich dort hingehen würdest, und deshalb würde ich es vollkommen verstehen, wenn du dort auftauchst.« Sie schluckte. »Ich wäre sogar erfreut, wenn du kämst.«

Er musste erst gar nicht darüber nachdenken. »Ich bin in einer halben Stunde da.«

Er hörte ihren Seufzer, der sich anhörte wie Erleichterung. »Danke, John.«

»Tanz bloß mit keinem«, drohte er. »In dreißig Minuten kann eine Menge passieren.«

»Kein Problem«, willigte sie einfach ein. »Ich warte auf dich.«

»Und du hast besser nicht diese knackengen Shorts an, wenn ich komme.«

Er hörte, wie sie Luft holte. »Zu spät.«
Dann legte sie auf.

Siebtes Kapitel

John nahm einen Schluck Bier und konzentrierte sich auf das wunderschöne, unbeholfene Mädchen, das gerade versuchte, beim Line Dance wie alle anderen eine Drehung hinzubekommen. Er konnte ein süffisantes Grinsen nicht zurückhalten, denn der Grad ihrer Ungeschicklichkeit hatte einen direkten Zusammenhang mit dem Grad der Erregtheit, die er in seiner Leistengegend spürte. Ihre Beine waren absolut fantastisch und sie erregte ihn heftig und schnell, doch das Mädchen war keine Tänzerin.

Aber das war ihm scheißegal. Er wollte sie nicht wegen ihrer Tanzkünste.

Als das Lied zu Ende war und die Leute die Tanzfläche verließen, sah sie zu ihm herüber und lächelte, doch ihre Freundin ergriff ihre Hand und zog sie zum Tresen.

Im Moment waren sehr wenige Männer in ihrer Nähe, und John ergriff die Gelegenheit, sich um etwas Wichtiges zu kümmern.

Er ging zu Stevens Tischnische, begrüßte ihn mit einem Nicken und kam sofort zur Sache. »Ich brauche dein Büro.«

Der andere Mann verzog das Gesicht, und John wusste, dass es unfair war, aber er wollte diese verdammten Schlüssel und er wollte sie jetzt. »Du stellst mir über Nacht dein Büro zur Verfügung und ich setze die Zahlung für den nächsten Monat aus.«

Steven kniff fragend die Augen zusammen. »Aufgeschoben?«

»Nein. Erlassen.«

John hatte die Worte kaum ausgesprochen, da segelten die Schlüssel durch die Luft. Seine Instinkte täuschten ihn nicht und er hob die Hand und fing sie mitten im Flug auf. »Danke.«

****

Während Jaime noch darauf wartete, bedient zu werden, wandte sich Sarah von der Theke ab und sah sich um. Sie entdeckte ihn sofort. Er stand vielleicht zehn Meter entfernt, lehnte am Tresen und beobachtete sie mit zusammengekniffenen Augen. Er sah sie aufmerksam an. Sein Blick war auf ihr Gesicht geheftet. Er lächelte nicht, aber er schien auch nicht wütend zu sein. Er sah sie nur an, während ein Feuer in seinen Augen schwelte.

Er wartete. Sie wusste, dass er sie beobachtete und auf sie wartete. Ein Schauer des Verlangens jagte durch sie hindurch.

Er stand allein, und Sarah beobachtete, wie eine Frau auf ihn zukam. Sie sah selbstbewusst und hübsch aus, doch John scheuchte sie weg, ohne auch nur ein einziges Mal seinen Blick von Sarah abzuwenden. Fieberhafte Erregung hüllte sie ein wie eine weiche Decke, und die sexuelle Spannung war bis in ihre Nervenenden spürbar.

Plötzlich verfinsterte sich sein Gesicht und er schüttelte seinen Kopf in ihre Richtung. Erst da fiel ihr der große Cowboy auf, der neben ihr stand und sie etwas fragte. Sie schaute ihn kurz an, und ohne die geringste Ahnung zu haben, was er eigentlich gefragt hatte, lächelte sie sanft und sagte: »Nein danke.« Dann wandte sie sich abermals John zu.

Er schien sich wieder zu entspannen, machte jedoch keine Anstalten, sich ihr zu nähern. Sarah nahm die laute Musik um sie herum wahr, und dann zupfte Jaime sie am Arm und führte sie in die entgegengesetzte Richtung an einen Tisch nicht weit von der Tanzfläche entfernt. Sarah löste ihren Blick von John, als sie ihrer Freundin folgte und am Tisch Platz nahm.

Jaime hatte sich an diesem Abend aufgedonnert, und Sarah amüsierte sich ein bisschen drüber, welche Aufmerksamkeit ihre Freundin auf sich zog. Sie hatte einen besonders harten Arbeitstag hinter sich, und Sarah hatte sie zuvor bemitleidet, was für ein Arschloch sie doch als Chef hatte. Sarah vermutete insgeheim, dass Jaime auf ihn stand, es aber nicht zugeben wollte.

Sie versuchte, sich auf ihre Freundin zu konzentrieren, versuchte, der Fortsetzung ihrer Geschichte über Stress bei der Arbeit, Kummer und Herzeleid zu lauschen. Sarah musste zugeben, dass sie neben der lauten Musik und ihrer Unfähigkeit, sich abgesehen von John auf irgendetwas zu konzentrieren, nur wenig von dem mitbekam, was aus Jaime heraussprudelte. Irgendetwas über ihren Chef, der einmal hü und einmal hott sagte und sie nie genau wissen ließ, was er eigentlich wollte.

Sarah war abgelenkt, als eine Kellnerin mit Getränken an ihrem Tisch auftauchte, die sie nicht bestellt hatten. Ein Bier der Marke, wie Jaime es gern trank, und ein Screwdriver für Sarah. Sie blickte zu der Stelle, an der sie John zuletzt gesehen hatte, doch er war nicht mehr dort. Sie ließ den Blick durch den Raum schweifen und entdeckte ihn schließlich auf einem Barhocker, wie er an seinem Bier nuckelte und sie unverhohlen anstarrte. Sie lächelte ihn zärtlich an und hob ihren Cocktail in seine Richtung.

Jaime hatte weder John noch die Drinks registriert und fuhr fort mit ihrer Schimpftirade. Sarah hörte ihr mit einem Ohr zu, doch ihr Hauptaugenmerk galt nach wie vor dem Mann an der Theke, der sie beobachtete und wartete, als wäre sie eine Art Beutetier, an das er sich geräuschlos heranzupirschen gedachte.

Tief in ihrem Bauch kribbelte es vor Aufregung über das Spiel, das sie beide spielten.

Dann tauchten zwei Cowboys an ihrem Tisch auf und das Spiel uferte plötzlich aus, denn John saß kerzengerade mit starren Schultern da, seine Augen blitzten vor unheilvoller Absicht.

Er rührte sich nicht, doch Sarah wusste, dass alles möglich war, wenn sie die Neuankömmlinge nicht in etwa fünf Sekunden loswurden.

Die Männer waren beide jung, vielleicht zweiundzwanzig oder dreiundzwanzig. Sie waren groß und gut aussehend. Jaime verschwendete keine Sekunde, bevor sie in ihre Richtung lächelte und mit dem Vorstellen begann. Die beiden Männer setzten sich. Sarah wusste, dass sie etwas sagen musste. Im Grunde war sie mit John hier, ob es nun so aussah oder nicht, und sie musste das den beiden schnell verständlich machen.

»Ich bin mit jemandem hier.«

Jaime sah sie an und sagte: »Ja, mit mir.«

»Nein, mit John«, verkündete Sarah nachdrücklich.

»Was? Er ist hier?«

»Ja.«

»Das hast du mir gar nicht gesagt!« Jaime starrte sie wütend an.

»Ich habe es nicht für notwendig gehalten.«

»Ist er dir hierher gefolgt?«, fragte ihre Freundin.

»Ja.«

»Er ist ein Stalker, Sarah.«

»Ist er nicht. Ich habe ihm gesagt, dass wir hier sein würden. Ich habe ihn eingeladen.«

Die beiden Männer hörten dem hitzigen Gespräch zwischen den beiden Freundinnen zu, und dann unterbrach sie einer der beiden. »Ich sehe gar keinen. Ich denke mal, der hätte dich hier nicht so ganz allein lassen sollen. Für mich siehst du aus wie Freiwild.«

»Ich bin kein Freiwild, und entweder ihr setzt euch in Bewegung oder ich.« Sarah stand auf.

»Sarah, bleib hier.« Jaime sah den Mann an, der ihr am nächsten saß, und fing an, Anweisungen zu geben. »Wie wäre es, wenn wir tanzen und dein Freund hier einen Spaziergang macht?«

Daraufhin legte der »Freund« seinen Arm um Sarah und sagte: »Wer's findet, darf's behalten. Ich rühre mich nicht vom Fleck. Sehe diesen Kerl sowieso nicht.« Sarah erstarrte, als sie aufblickte und John auf ihren Tisch zustapfen sah.

Ihre Schultern versteiften sich. Der Ausdruck in seinem Gesicht war bedrohlich und sie wollte kein Blutvergießen. Das war alles so lächerlich, wirklich. In der einen Minute war sie in Dallas und verlobt mit dem ruhigsten Mann auf diesem Erdball und in der nächsten Minute gehörte sie einem Neandertaler. Sie räusperte sich und versuchte, den Arm des Typen abzuschütteln. »Mann! Da kommt er. Nimm deinen verdammten Arm weg.«

John schaffte es in Rekordzeit zu ihr. Er kam direkt hinter ihr zum Stehen. »Lass sie los. *Sofort!*«

Der Typ nahm seinen Arm von Sarahs Schultern und sprang auf die Füße. »Zwing mich doch.«

Sarah fühlte, wie John zornig wurde, als er um sie herumging und nur wenige Zentimeter vor dem Mann stehen blieb. »Habe ich gerade gemacht. Zieh Leine. Fass sie nicht noch einmal an. Und wage es nicht mal mehr, sie anzugucken, oder du wirst deine Nahrung zukünftig intravenös eingeflößt bekommen. Kapiert?«

»Wer will mich zwingen? Du etwa?«

John streckte die Hand aus, packte den Burschen am Kragen und stieß ihn voran.

Sarahs Herz setzte einen Schlag aus und begann dann wie verrückt Blut durch ihre Adern zu pumpen. Sie sah, wie zwei Türsteher wie aus dem Nichts erschienen. Einer packte John von hinten und der andere den jungen Burschen. Sie trennten die beiden Männer.

John fauchte durch die Zähne und richtete die Beschimpfung an den Türsteher, der ihn zurückhielt. »Diego, du lässt mich besser innerhalb der nächsten drei Sekunden los oder ich werde diesen Laden schließen und ihr alle seid euren Job los.«

Sarah sah, wie der Mann John sofort losließ und entschuldigend sagte: »Ich wusste nicht, dass du es bist, Mann. Hab dein Gesicht nicht gesehen.«

John wandte sich an den anderen Türsteher, der noch immer den jungen Burschen festhielt. »Lass ihn gehen. Ich kümmere mich darum.«

Der Mann ließ den Jungen los, der stolperte und sich aufrappelte. Sarah konnte sehen, dass er den Wortwechsel mitbekommen hatte und sich jetzt wahrscheinlich wunderte, mit wem zum Teufel er es zu tun hatte.

Einer der Türsteher sagte: »Du gehst besser, Nate. Das hier ergibt sonst nichts Gutes.«

»Verdammte Scheiße! Soll das etwa heißen, dass ich rausgeschmissen werde? Was ist mit dem Arschloch? Ich habe mich nur um meinen eigenen Kram gekümmert …«

»Nein, du Idiot. Du hast dich um *meinen* Kram gekümmert.« John stellte sich wieder hinter Sarah und legte ihr die Hände auf die Schultern. »Sieh genau hin und dann guck nie wieder in ihre Richtung. Sie gehört mir. Und wenn du mir noch einmal in die Quere kommst, wirst du es bereuen.«

Und damit zog er Sarah vom Stuhl hoch und führte sie tiefer in das Gebäude hinein. Sie folgte ihm blindlings. Er hielt ihr Handgelenk umklammert, während er vor derselben Tür stehen blieb, durch die er sie gezogen hatte, als sie ihn das vorherige Mal hier getroffen hatte. Ohne zu zögern, steckte er einen Schlüssel ins Schloss, öffnete die Tür und schob Sarah in den dahinterliegenden Raum.

Sarah lehnte an der geschlossenen und verriegelten Bürotür und dachte nicht daran, ihn zu fragen, wieso er hier Zugang hatte. Sie wusste nur, dass er ihn hatte. Offenbar aus demselben Grund, weshalb er die Türsteher beim Vornamen kannte, sie auf seinen Befehl hin sprangen und er mit der Schließung des Lokals drohen konnte. Es hatte etwas mit seinem Geld zu tun. Der Gedanke löste sich in Wohlgefallen auf, als er seinen Oberkörper gegen ihren drückte und seine Hand zwischen ihre Beine schob. Sein Mund wanderte zu ihrem Ohr und er stieß einen tiefen, erregten Atemzug aus. »Du hättest diese Shorts nicht anziehen sollen, Baby. Wenn ich schon nicht meine Hände davon lassen kann, wie sollen es die anderen dann können?«

Sie holte Luft, konnte aber nicht antworten.

Er drückte sich gegen sie und begann, sie leidenschaftlich zu küssen, während seine Hände ihre Shorts aufknöpften. »Ich kann es nicht erwarten«, knurrte er mit heiserer Stimme. Er öffnete einen Knopf nach dem anderen, griff dann mit beiden Händen den Hosenbund und riss Shorts und Slip über ihre Beine nach unten. Als sie an ihren Knien ankamen, hob er seinen großen, in einem Stiefel steckenden Fuß, trat auf die störende Kleidung und drückte sie zu Boden. »Steig raus.«

Sarah tat blind, was er verlangte, und sobald sie sich der Kleidung entledigt hatte, war seine Hand da und sein Finger drang in ihre erregte, feuchte Öffnung ein. Als er seinen Finger in ihr bewegte, wurde sie von einer Woge der Lust erfasst und stöhnte leise.

Sein Mund verließ ihre Lippen und wanderte zu ihrem Ohr. »Was denkst du, was passiert wäre, wenn ich nicht hier gewesen wäre?«

Sarah fing an zu beben und konnte kaum noch aufrecht stehen. »N-Nichts. Ich hätte es geregelt.« Ihre Hände zitterten, als sie nach seinem Kopf griff, versuchte, ihn wieder zu sich zu drehen, nach seinem Mund bettelte, der wieder zu ihrem finden sollte.

Er fügte sich und gab ihr einen zärtlichen Kuss, während er

in ihren Mund hauchte: »Aber nicht, bevor er dich noch mehr angefasst hätte. Und Baby, das wäre schlimm gewesen.« Seine Zunge glitt wieder in ihren Mund, und Sarah fühlte eine atemlose Leidenschaft, die sowohl von seinem tief in ihr eingeschlossenen Finger als auch von dem Kuss herrührte, den sie teilten, während sie noch immer versuchten zu reden.

Sie drehte ihren Kopf zur Seite. »Warum? Was hättest du gemacht?«

»Ihn umgebracht«, keuchte er.

Sie rang nach Luft. »Das meinst du nicht im Ernst.«

Seine Hand schnappte ihr Kinn und führte ihre Lippen zu seinen zurück. Sein Mund schwebte über ihrem, und unmittelbar bevor seine Lippen ihre berührten, sagte er: »Der Idiot hätte um einen schnellen Tod gewinselt. Das garantiere ich dir.«

Sie drehte erneut ihren Kopf zur Seite. »John ...« Sein Finger bewegte sich zu ihrer Klitoris und brachte sie erfolgreich zum Schweigen, während er ihren Mundwinkel küsste. »Keine Sorge, Baby. Du warst ein braves Mädchen«, flüsterte er mit tiefer Stimme.

»War ich das?« Sie konnte keinen klaren Gedanken mehr fassen. Seine Hand erregte sie, bewegte sich vor und zurück zwischen ihrer glühenden, feuchten Öffnung und ihrer Klitoris. Vor und zurück. Brachte sie immer näher an einen Orgasmus heran.

»Mhm.«

»Inwiefern? Inwiefern war ich brav?«

»Du hast mich angerufen. Hast mich wissen lassen, dass du da sein würdest. Das lässt einen Mann fast glauben, er kann dir vertrauen.«

»Du kannst mir vertrauen«, sagte sie leise.

Er kniete sich vor sie und hob ihr Bein über seine Schulter. Er spreizte sie mit seinen Fingern und blickte dann zu ihr hinauf. Seine Augen waren dunkle, gequälte Kreise schillernder

Leidenschaft. »Ich möchte dir trauen. So sehr. So sehr, dass es mich schmerzt.«

Er blickte zwischen ihre gespreizten Schenkel, und Sarah fühlte das Stöhnen, das tief aus seiner Brust kam. Seine Zunge fiel über ihre Klitoris her, während er den Finger wieder in sie hineinschob.

Er leckte sie, rieb seine Zunge immer wieder an ihr. Sein Finger bewegte sich in ihr, wirbelte um die Scheidenwände herum, berührte sie an tiefster Stelle. Sie fing an, lauter zu keuchen.

Er hob seinen Kopf, und sie öffnete die Augen und ertappte ihn dabei, wie er sie ansah. »Du bist so wunderschön. So verdammt schön, Sarah. Ich will dich so sehr.«

Seine Worte spülten über sie hinweg, und plötzlich wollte sie ihn in sich spüren. »Komm her, bitte«, bettelte sie leise.

Er stand auf und knöpfte mit einer schnellen Bewegung seine Jeans auf. Er zog sie bis zu seinen Stiefeln herunter und hob Sarah hoch, um in sie einzudringen.

Sie hielt ihn zurück. »Nimm ein Kondom.«

Er biss die Zähne zusammen. »Sarah …«

»Bitte. Bitte, John, ich will dich spüren.«

John wollte so sehr in sie eindringen, ohne dass etwas zwischen ihnen war. So sehr. Er wollte spüren, wie sich ihr weiches Fleisch um ihn schloss. Aber dazu würde es nicht kommen. Nicht dieses Mal.

Er zog mit einem Ruck ein Kondom aus seiner Tasche und streifte es über. Das dauerte nur Sekunden, und dann hob er Sarah hoch, lehnte sie gegen die Wand und ließ sie über ihn gleiten.

Die Wirkung ihrer Vereinigung war elektrisierend. Sie stöhnte, als sein Mund auf ihren traf. Er schob seine Hände unter ihren Po und spreizte ihre Gesäßbacken weit auseinander, um bis zum Anschlag in sie einzudringen. Er begann pausenlos in sie hineinzustoßen.

Sie war so weich und feucht und glatt. Sie war eng und heiß und perfekt.

Gott, sie war perfekt für ihn. Er fühlte, wie er den Tunnel hinabglitt, in dem seine Urempfindungen die Oberhand gewannen, während sein Verstand sich abmeldete. Er konnte nicht mehr kontrollieren, was er sagte. »Ich will dich ungeschützt ficken.«

Sie zuckte in seinen Armen, und er fühlte, wie ihn eine weitere Welle feuchter Erregung umschloss. »Du musst es mich tun lassen, Baby. Bald. Ich will dich immer und immer wieder ficken. Ohne Kondom. Du wirst mich nicht mehr los. Nie mehr.«

Sarah verfiel in seinen Armen in Ekstase, und er folgte ihr in einen Orgasmus, der sein Universum erschütterte.

****

Am nächsten Morgen beobachtete Sarah, wie John langsam erwachte. Sie hatte bereits geduscht und Kaffee gekocht. Vorsichtig setzte sie sich auf die Bettkante neben ihn, um ihm so viel Schlaf wie möglich zu gönnen. Das Laken war bis zu seinen Hüftknochen heruntergerutscht, und sie konnte deutlich sehen, wie seine Morgenerektion sie grüßte, obwohl er es noch nicht tat.

Ein kleines bisschen Übermut stieg in ihr auf und sie blickte kurz hinüber zu der halb leeren Kondompackung auf dem Nachttisch. Sie schlüpfte aus Shorts und Slip, griff sich eines der Kondome und öffnete die Folie der Verpackung.

Damit John nicht komplett aufwachte, zog sie langsam und vorsichtig das Laken zurück, schob ihr Bein über ihn und kam so in die Stellung, die sie sich ersehnte. Sie hielt den Atem an und rollte das Kondom über seinen erigierten Penis. Sie merkte, wie er zusammenzuckte, und nahm an, dass er nun hellwach war. Aber er blieb ruhig liegen und sagte nichts. Sie glitt über ihn, nahm ihn ganz in sich auf und passte ihre Stellung nur geringfügig an. Seufzend schloss sie die Augen vor Verzückung, ihn tief in sich zu spüren.

Ihre Hände landeten auf seiner Brust und sie glitt hinauf und wieder hinab.

Seine Hände fassten ihre Hüften und hielten sie fest, doch er bewegte ansonsten keinen anderen Muskel.

Sie tat einen weiteren Stoß und dann noch einen.

John biss lautlos die Zähne zusammen und versuchte, ihr weiterhin die Kontrolle zu überlassen. Das war offensichtlich ihre Show, und er wollte, dass sie bekam, was sie wollte.

Doch es war schwierig. Sie war weich und geschmeidig, leidenschaftlich und süß, und das Erste, was er am Morgen wirklich tun wollte, war, sie umzudrehen, bis ihr Bauch auf der Matratze lag, und sie dann von hinten zu nehmen, hart und schnell …

Seine Gedanken verflogen, als sie sich zu ihm herunterbeugte und in sein Ohr flüsterte, während sie die stoßende Bewegung beibehielt.

»John. Du bist so großartig.« Sie hob ihr Gesäß. »Du bist so heiß.« Sie setzte sich wieder auf ihn und er konnte ein Zittern nicht unterdrücken. »Noch nie zuvor hatte ich einen Mann wie dich.« Sie tat einen weiteren Stoß. »Mmmm.« Ihre Lippen näherten sich seinen und berührten sie leicht, bevor sie ihren Po wieder anhob und ihre Hände auf seine Brust stützte. Und dann ritt sie ihn erbarmungslos.

John öffnete die Augen und beobachtete sie. Ihre Augen waren geschlossen, und den Ausdruck in ihrem Gesicht hatte er noch nie bei einer anderen Frau gesehen. Niemals. Sie war so wunderschön, und er konnte es sich nicht verkneifen, nach unten zu greifen und einen Finger gegen ihre Klitoris zu drücken.

Er spürte, wie eine weitere Welle der Erregtheit von ihr ausging und Sarah begann, ihn wie von Sinnen zu reiten. Die Geräusche, die sie von sich gab, klangen wie eine süße, heiße Musik in seinen Ohren. »Mmmm.« Ihr Mund bildete eine Linie, Konzentration fesselte ihre Gesichtszüge und sie begann laut zu wehklagen. Laut genug, um ihn in Flammen aufgehen zu lassen.

Er packte ihre Hüften und bewegte sie ruckweise auf und nieder, bis sie schrie und ihr Körper steif wurde. Sie riss die Augen auf und starrte ihn an. Erschütterung und etwas, das aussah wie Ehrfurcht, standen ihr ins Gesicht geschrieben.

John hielt Sarah fest und versank tief in ihrem Blick, als er mit ihr zusammen den Gipfel der Lust erreichte.

Achtes Kapitel

John kam aus der Dusche, trocknete seine Haare mit einem Handtuch ab und blieb neben dem Bett stehen. Er bückte sich, gab Sarah einen Klaps auf den Hintern, gerade fest genug, um ihre Aufmerksamkeit zu erregen, fest genug, um sie anzutreiben. Sie zuckte zusammen, schnaufte und drehte sich um. Sarah blinzelte und sah ihn mit einem argwöhnischen Gesichtsausdruck an. »Steh auf.« Seine Stimme war noch träge von der Nacht.

»Okay«, sagte sie gedehnt und mit fragendem Klang.

»Zieh dich an. Wir fahren nach San Antonio.«

»Warum?«, fragte sie leise.

»Wir haben dort einen Termin bei einem Arzt in einer Privatklinik. Wir müssen uns beeilen.«

»Wie bitte?« Sie reagierte gereizt. »Warum?« Sie stellte ihre Frage mit schneidender Stimme.

»Wir werden getestet.«

»Getestet?«

»Du scheinst mir nicht zu trauen, und obwohl das lobenswert ist, Baby, kann das nicht ewig so weitergehen.«

»Ewig?«, fragte sie.

»Semantik, Süße. Wir müssen die Kondome loswerden. Heute. Ich warte nicht mehr länger. Zieh dich an.«

»Du kannst nicht einfach …«

»Doch, ich kann *einfach*. Ich habe es einfach gemacht. Ich will jetzt nichts mehr darüber hören. Lass uns daraus keinen Staatsakt machen. Zieh dich einfach an.«

John sah sie an und wartete ab, was sich jetzt abspielen würde. Es musste einfach klappen. Er wollte, dass es klappte. Endlich schob sie ihre Beine über den Bettrand und setzte ihre Füße auf dem Boden ab. Sie behielt ihn im Blick, während sie die Schubladen ihrer Kommode aufzog und einige Kleidungsstücke herausnahm. Sie hielt die Sachen vor sich, und während sie den Raum durchquerte, um ins Bad zu gehen, starrte sie ihn die ganze Zeit finster an.

Endlich schloss sie die Tür hinter sich, und John atmete erleichtert auf.

****

Sie sprachen nicht viel auf der Fahrt nach San Antonio. John war das egal. Er wollte diesen Mist nur hinter sich bringen. Ihm lag lediglich daran, sie mit einem tadellosen Gesundheitszeugnis zufriedenzustellen, sie nach Hause zu bringen und sich mit ihr zu vereinigen … ganz und gar, unvergleichbar und ohne Kondom.

Seine Hände umklammerten das Lenkrad, als er den Gedanken an einen ganz sicher kaum zu kontrollierenden, zügellosen Akt der Inbesitznahme genoss. Er wollte Sarah, keine Frage. Um jeden Preis.

****

John saß seit unmenschlich langer Zeit im Wartezimmer. Er hatte bereits sein Blutbild bekommen, hatte für die sofortige Ermittlung der Werte einen Haufen Geld zusätzlich bezahlt und hielt nun die Ergebnisse, die er brauchte, in den Händen. Er hatte es wirklich nicht angezweifelt. Sarah war die erste Frau, bei der er daran gedacht hatte, das Risiko des ungeschützten Verkehrs einzugehen.

Nach einer weiteren halben Stunde ging die Tür auf und Sarah kam endlich heraus. Er sah sie kurz an und wusste, dass etwas nicht stimmte. Sie war kreidebleich, zitterte leicht und in ihren Augen konnte er Tränen glitzern sehen.

Was zum Teufel war da drinnen passiert? Er dachte nicht eine Sekunde daran, dass mit ihren Ergebnissen etwas nicht stimmen könnte. Er wusste nicht warum, es ergab eigentlich keinen Sinn, aber sie strahlte eine solche Gesundheit aus, dass eine Geschlechtskrankheit bei ihr einfach nicht infrage kam.

Als Sarah auf ihn zusteuerte, suchte sein Verstand nach einem anderen Grund, weshalb sie so aufgelöst sein konnte. Hatte der verdammte Arzt ihr wehgetan? Hatte er etwas zu ihr gesagt, das sie so durcheinandergebracht hatte? Er würde den Scheißkerl umbringen … und dafür sorgen, dass ihm seine Lizenz entzogen wurde, wenn er sie verletzt hatte.

Jetzt stand sie auf zitternden Beinen vor ihm. »Was ist passiert?«, zischte er, als er nach ihrer Hand griff.

Sie schüttelte matt den Kopf. »Lass uns rausgehen.«

»Sarah …«

»Bitte, John. Im Auto.« Sie drehte sich zur Tür. John hatte bereits ihre Rechnung beglichen, erhob sich von seinem Stuhl und hielt Sarah die Tür auf. Als sie an ihm vorbeiging, schenkte sie ihm mit Tränen in den Augen ein winziges Lächeln, das ihn scheinbar trösten sollte.

Sie war aufgebracht, doch ihr erster Gedanke war, ihm Trost zu spenden. Er nahm dies erschrocken zur Kenntnis.

Hand in Hand gingen sie zum Auto.

John öffnete die Beifahrertür, ließ Sarah einsteigen und stellte die Klimaanlage auf die höchste Stufe. Sein Wagen hatte im Schatten eines Baumes gestanden, und deshalb wurde es im Innenraum schnell kühl. John machte jedoch keine Anstalten, den

Parkplatz zu verlassen, sondern nahm Sarahs Hand in seine. »Was ist los?«

Sie schüttelte erneut den Kopf, und dann fing sie tatsächlich an zu weinen. Sie hob ihre Hand, um die Tränen wegzuwischen, als John sie völlig schockiert ansah. Er wusste nicht, wie er reagieren sollte, wusste nicht, wie er sie trösten sollte, und er fühlte, wie Wut auf die unbekannte Person in ihm hochstieg, die sie verletzt haben könnte.

Er versuchte krampfhaft, ihr Zeit zu geben, doch es brachte ihn um. Endlich drehte sie sich zu ihm. »Eigentlich ist nichts los. Nichts Neues jedenfalls. Ich habe nichts. Sie sah ihn mit einer Frage im Blick an, von der er wusste, dass sie sie nicht stellen wollte.

»Ja, Baby. Bei mir ist auch alles okay«, beantwortete er ihre unausgesprochene Frage.

»Gut.«

»Nichts Neues? Was bedeutet das?«, hakte er nach.

»Wo wir schon mal hier sind, habe ich gleich eine gynäkologische Vorsorgeuntersuchung machen lassen. Die war sowieso überfällig.« Sie nahm einen langen Atemzug und fuhr dann mit ihrer Erklärung fort. »Nach der Fehlgeburt musste ich eine Ausschabung machen lassen. Davon blieben Vernarbungen. Aber entweder hat mein Arzt zu Hause nicht gewusst, wie schlimm es ist, oder er hat es mir nicht gesagt. Ich habe jedenfalls gerade erfahren, dass es schwierig für mich sein wird, wieder schwanger zu werden.« Sie biss sich auf die Unterlippe und verschlang ihre Finger ineinander. Sie sah zu Boden und ihre Stimme zitterte. »Vielleicht sogar unmöglich.«

Als John das Wort »Fehlgeburt« vernommen hatte, hatte ein lautes Tosen in seinen Ohren begonnen, das es schwer machte, sich auf Sarahs restliche Worte zu konzentrieren. Er versuchte tapfer, sich nichts anmerken zu lassen. Er wollte sie trösten, er war bestürzt, weil sie wegen des Fruchtbarkeitsproblems so durcheinander war, doch alles, was er tatsächlich fühlte, war hitzige Eifersucht. *Sie war mit dem Baby eines anderen Mannes schwanger gewesen.* Er war gar nicht sicher, was er eigentlich fühlte. Das in der Nacht im Cut-n-Shoot war fraglos Eifersucht gewesen. Doch die Tatsache, dass es da draußen einen Mann gab, der Sarah ein Baby gemacht hatte, sorgte eher dafür, dass ihn ein schneidender Schmerz durchfuhr. Das war mehr als die klassische Eifersucht. Ihm war klar, dass es nicht rational war, dass es an Verrücktheit grenzte und so oder so total daneben war, doch er konnte nichts gegen sein Empfinden tun. Sie hatte also eine Vergangenheit, und er hatte eine Vergangenheit. Daran führte kein Weg vorbei.

John schob seine Kleinkariertheit mit aller Kraft beiseite und tat, was er schon längst hätte tun sollen. Er nahm Sarah in seine Arme, hielt sie fest und ließ sie weinen.

Sie weinte an seiner Schulter, bis er die Feuchtigkeit ihrer Tränen durch sein Hemd spüren konnte. Sie weinte, bis sie einen Schluckauf bekam, sie weinte, bis er befürchtete, es würde ihrer Gesundheit schaden, wenn sie nicht bald aufhörte. Konnte jemand vom Weinen so vieler Tränen dehydrieren?

»Baby, hör auf.« Er streichelte ihren Rücken.

Sie schnappte nach Luft und wischte sich mit den Händen über die Augen. Fünfmal atmete sie gleichmäßig ein und aus und beruhigte sich schließlich. Er hielt sie immer noch, doch jetzt lehnte sie nur noch an ihm.

Sie war aufgebracht und er konnte ein bisschen warten, doch er musste es wissen. »Du wirst es mir erzählen müssen.« Er versuchte, seine Stimme sanft klingen zu lassen. »Nicht jetzt sofort, aber später. Du wirst dich besser fühlen, wenn es raus ist, und ich … ich muss es wissen.«

Ihr Blick versetzte ihm einen Stich. Der Kummer stand ihr deutlich ins Gesicht geschrieben, doch sie schien sich jetzt im Griff zu haben, und er schob seine dunklen Gefühle vorerst beiseite und konzentrierte sich darauf, was sie jetzt brauchte. Ihn überkam ein Gefühl der Hilflosigkeit. Der Schmerz, der sie gefangen hielt, war elementar und brutal, und John wusste nicht, ob er imstande war, ihr zu helfen. Er fühlte die dringende Notwendigkeit, ihr einen Teil ihrer Last abzunehmen, ihren Kummer zu lindern. »Lass uns nach Hause fahren.« Er versuchte, seine Stimme ruhig klingen zu lassen, um Stärke zu zeigen, doch er hatte große Angst, dass dieser Versuch misslungen war und sie den Schmerz in seiner Stimme hören konnte.

Sie nickte, entzog sich seiner Umarmung, lehnte sich in ihrem Sitz zurück und versuchte mit zitternden Händen, den Sicherheitsgurt zu befestigen. John griff hinüber und erledigte das für sie. Dann gab er ihr einen züchtigen Kuss auf die Lippen.

Er bog vom Parkplatz, fuhr zum Highway und ergriff über die Mittelkonsole hinweg Sarahs Hand.

****

Sarah wollte das mit John zu führende Gespräch nicht aufschieben. Sie wusste, dass er früher oder später darauf bestehen würde, Bescheid zu wissen, und sie wollte es hinter sich bringen. Als sie ungefähr zehn Meilen außerhalb von San Antonio waren, fing sie an zu reden. »Ich habe geheiratet, als ich dreiundzwanzig war.« Johns Hand zuckte und sie spürte die Anspannung, die ihn ergriff, doch er sagte nichts. »Greg war nur ein Jahr älter als ich und er hat mein Herz im Sturm erobert. Die Kurzfassung der Geschichte ist, dass ich innerhalb eines Jahres schwanger wurde und er danach angefangen hat, mich zu betrügen. Und vielleicht sogar schon vorher, wer weiß. Es war eine schwierige Schwangerschaft, und dann hat er mich für die Frau, mit der er gerade schlief, verlassen. Der Stress war zu viel für mich und ich verlor das Baby. Die Schwangerschaft war die einzig gute Sache, die aus dieser Ehe hervorgegangen ist, und ich habe das Baby geliebt. Aber es hatte nicht sollen sein, nehme ich an.«

Sie warf einen Blick zu ihm hinüber und beobachtete das Muskelzucken auf seiner Wange, während er auf die Straße blickte und weiterhin ihre Hand mit einem festen, unnachgiebigen Griff hielt.

»Das tut mir so leid, Süße. Es tut mir so leid, dass du das Baby verloren hast.« Tief im Inneren fragte sich John, ob das die Wahrheit war. Tat es ihm leid, dass sie das Baby verloren hatte? Ja, es tat ihm leid, dass sie das Baby verloren hatte. Er war nicht eifersüchtig auf das Baby, und der Verlust des unschuldigen Lebens war tragisch. Der Mann, der Sarah geschwängert hatte, machte ihn sauer. »Das Arschloch muss verrückt gewesen sein, dich zu betrügen. Warum hat er das verdammt noch mal gemacht?« Er schaute kurz zu ihr hinüber, bevor er seinen Blick wieder auf die Straße heftete. »Warum zum Teufel geht jemand fremd, wenn er dich jede Nacht im Bett haben kann?«

Sarah nahm an, dass das eine rhetorische Frage gewesen war, und gab keine Antwort. Was er sagte, verursachte ein Glücksgefühl in ihr, und er klang, als würde er jedes Wort auch meinen.

»Es tut mir leid, dass du das durchmachen musstest, Baby.«

»Danke«, antwortete sie leise.

»Wie ist sein Nachname?«

Sarah sah erneut zu ihm hinüber, und plötzlich wurde das Glücksgefühl von etwas abgelöst, das sich bei dem jähen Themenwechsel anfühlte wie leichte Panik. Warum fragte er danach? Warum interessierte ihn das? Und warum erfüllte sie eine Wahl, die sie vor mehreren Jahren getroffen hatte, Jahre bevor sie ihn überhaupt kennengelernt hatte, jetzt mit Besorgnis?

Johns Augen verließen die Straße und musterten Sarah ein paar Sekunden, bevor sie wieder nach vorn schauten. Er presste seine Kiefer zusammen. »Sag mir nicht, sein Name ist McAlister, Baby. Tu mir das nicht an.«

Sie schluckte schwer. »John …«

»Sarah, sag das nicht.«

Sie blieb stumm und sah ihm zu, wie er mit einer Hand durch sein Haar fuhr und sein Gesicht einen wie aus Stein gemeißelten Ausdruck annahm. Dann umklammerte er das Lenkrad mit einem würgeähnlichen Griff.

»Tut mir leid. Ich habe dich damals noch nicht gekannt, habe so etwas nicht erwartet …«

»Warum? Aus welchem verdammten Grund behältst du seinen Namen?« Sein Zorn war am Klang seiner Stimme deutlich erkennbar.

»Das hört sich jetzt so einfältig an. Ich schäme mich fast, es zu sagen.«

»Sag mir einfach die Wahrheit. Ich möchte wissen, warum.«

»Ich habe es gemacht, um ihn auf die Palme zu bringen, aus keinem anderen Grund. Er hat mich betrogen, er ist fremdgegangen, er hat mich im Stich gelassen, als ich ihn am meisten brauchte, und als es dann zum Äußersten kam, da dachte er, ich würde automatisch meinen Mädchennamen wieder annehmen. Es gab einen Riesenkrach, und es kam raus, dass seine neue Frau nicht wollte, dass ich seinen Name trage, und deshalb habe ich ihn aus Gehässigkeit behalten. Reine Gehässigkeit. Um beide zu ärgern. Das war's. Es war nicht nett von mir und ich bin nicht stolz darauf.«

»Du könntest ihn jetzt ändern«, schlug er mit tiefer und beherrschter Stimme vor.

»Könnte ich, aber warum? Jeder an meiner Schule kennt mich unter dem Namen. Es würde zu diesem späten Zeitpunkt nur für Verwirrung sorgen. Jeder würde denken, ich hätte wieder geheiratet, und dann müsste ich das pausenlos erklären. Dieses Theater brauche ich nicht.«

»Mir gefällt das nicht.«

Sarah schloss die Augen und versuchte, vernünftig mit ihm

zu reden. Er benahm sich wie ein Kind, das seinen Willen nicht bekam. »Das ist Teil der Vergangenheit, John. Wir haben beide eine Vergangenheit. Du hast auch eine.« Sie holte tief Luft und versuchte, ihre Nerven zu beruhigen. »Ich weiß, dass du schon einmal verheiratet warst. Und es tut mir so leid, was mit deiner Frau passiert ist. Ich weiß, du musst durch die blanke Hölle gegangen sein, als sie verstorben ist, aber …« Ihre Worte verebbten.

»Aber was?«

Sie blieb still und schüttelte nur den Kopf.

»Aber was, Sarah?«, fragte er hitziger.

»Aber ich versuche, nicht darüber nachzudenken, wie sehr du sie geliebt haben musst. Dass du ihr noch so lang nach ihrem Tod treu geblieben bist. Es macht mich … es macht mich innerlich krank, zu wissen, was du verloren hast, aber es fühlt sich … es fühlt sich furchtbar an, darauf eifersüchtig zu sein. Deshalb versuche ich, nicht daran zu denken.«

Johns Augen blieben auf die Straße gerichtet, doch er bremste unvermittelt, fuhr auf den Seitenstreifen und drehte sich zu ihr. »Woher hast du das alles?«

Sie wollte den Namen ihrer Freundin nicht nennen. Sie war ihm bereits ein Dorn im Auge, doch Sarah hatte keine andere Wahl. »Jaime.«

»Jaime hat sich geirrt, Süße. Sie hat auf zu viel Getratsche gehört.«

»Was meinst du damit?«

»Munkelt man das? Dass ich so untröstlich war, dass ich mich auf meine Ranch zurückgezogen und die weibliche Bevölkerung gemieden habe?«

»Ja.«

Sein Mund verhärtete sich. »Das stimmt nicht, Baby. Sarah, meine Ehe war nicht so, wie du dir das vorstellst. Sie war nicht perfekt, sogar weit davon entfernt. Du dachtest, du wärst die

Einzige, die betrogen worden ist? Falsch gedacht. Monica ist mit meinem besten Freund fremdgegangen. Er war auch mein Geschäftspartner. Ich wurde von den beiden mir am nächsten stehenden Menschen hintergangen.« Er sah sie genau an, um zu prüfen, ob sie verstand, was er erklärte. »Es gibt eine Menge, wovon du nichts weißt. Mist, wovon keiner etwas weiß. Sie war alkohol- und tablettenabhängig. Ich hatte die Scheidung bereits eingereicht, als der Unfall passierte. Ich bin der Erinnerung an sie nicht treu geblieben, Sarah. Ich habe Sex unterlassen mit Rücksicht auf den alten Herrn. Ihr Vater war am Boden zerstört, als sie gestorben ist. Monica war sein einziges Kind und er hatte außer mir keinen mehr. Er wusste nicht, dass die Scheidung bevorstand, und nach ihrem Tod konnte ich nicht riskieren, ihn noch mehr zu verletzen, indem ich wie ein rolliger Kater herumstreune. Das habe ich einfach nicht fertiggebracht.«

John beendete seinen ununterbrochenen Dialog abrupt und wartete auf ihre Reaktion. Sie beobachtete ihn genau, ihr Blick wanderte über sein Gesicht. »Und was hat dann den Wandel bewirkt?«

Er runzelte die Stirn. »Welchen Wandel?«

»Jaime hat erzählt, dass du erst wie ein Einsiedler gelebt hast und dann warst du … du wurdest …« Sie stockte. Entweder fehlten ihr die Worte oder sie weigerte sich, sie auszusprechen. Doch er wusste, worauf sie hinauswollte.

»Ihr Vater starb.«

»Das ist der Grund?«

John ergriff über die Mittelkonsole hinweg Sarahs Hand. »Ja, er starb und konnte durch meine Aktivitäten nicht mehr verletzt werden.«

Sarah sank tiefer in den Ledersitz, als sie eine innere Unruhe packte. So viele Gefühle stürmten auf sie ein. Es war schwer, sie alle zu begreifen. Eine warnende Stimme meldete sich in ihrem Kopf und riet ihr, vorsichtig zu sein. Mach nicht so schnell.

Verfalle ihm nicht so heftig und so schnell. Doch es gab nicht viel, was sie tun konnte, um sich davor zu schützen. Sie war unbändig erleichtert, dass er sich nicht innerlich nach seiner verstorbenen Frau verzehrte. Gleichermaßen aufgebracht war sie darüber, dass er verletzt worden war. Dass jemand das Vertrauen dieses wunderbaren, großzügigen Mannes in Stücke geschlagen und ihn in den fast kalten, berechnenden Menschen verwandelt hatte, der er jetzt war. Sie wusste, wie es sich anfühlte, betrogen zu werden. Ihr Mund öffnete sich und sie sprach, ohne nachzudenken. »Ich würde dich nie so verletzen.«

Seine Finger umklammerten ihre. Sein forschender Blick fiel auf ihre Lippen und ging genauso schnell wieder zurück zu ihren Augen. Ihre Blicke trafen aufeinander und verschmolzen. »Ich fange an zu glauben, dass das wahr sein könnte.«

»Natürlich ist das wahr«, flüsterte sie.

Er lehnte sich über die Mittelkonsole, drückte ihr einen Kuss auf die Lippen und streichelte mit dem Daumen ihren Handrücken. »Lass uns nach Hause fahren, Baby. Du hattest einen harten Vormittag.«

****

Sarah erinnerte sich nicht, während der restlichen Fahrt eingeschlafen zu sein, doch das war sie wohl, denn sie erwachte, als das gleichmäßige Brummen des Motors erstarb. Sie öffnete die Augen und setzte sich aufrecht hin, um sogleich aus dem Auto zu steigen.

Ihre Finger erstarrten über dem Gurtgehäuse, als sie sich umsah und entdeckte, wohin er sie gebracht hatte.

Zu seinem Haus.

Sie sah zu ihm hinüber, doch John guckte sie nicht an. Er öffnete bereits die Tür und stieg aus in den heißen Sonnenschein. Bevor sie ihren Verstand wieder vollständig eingeschaltet hatte, ging er um den Wagen herum zur Beifahrertür und öffnete sie für sie.

Er sah sie nicht an, er sagte nichts zu ihr, nahm einfach nur ihre Hand, um ihr beim Aussteigen behilflich zu sein.

Warum hatte sie das Gefühl, dass das etwas bedeutete? Warum glaubte sie, dass die Tatsache, dass er sie jetzt, nach allem, was sie sich gegenseitig offenbart hatten, zu sich nach Hause brachte, mehr als nur das Offensichtliche bedeutete? Ihr Pulsschlag beschleunigte, als sich seine Hand um ihre schloss und sie ihm ins Haus folgte.

»John …«

»Nicht jetzt.«

Er führt sie nach drinnen, ließ sie in einem Sessel im Wohnzimmer Platz nehmen und ging dann in die Küche. Einige Augenblicke später kam Beth mit einem breiten Grinsen im Gesicht hinter John ins Zimmer. »Okay. Ich habe heute Nachmittag freibekommen.« Sie hängte ihre Handtasche über die Schulter und sprach direkt zu Sarah: »Schmorbraten und Gemüse sind im Backofen. Ich habe gerade die Temperatur runtergestellt. Sie müssen nur um sechs Uhr den Ofen aufmachen, und dann ist es fertig. Viel Spaß, ich gehe nach Hause.«

Sarah fühlte sich wie ein Fisch auf dem Trockenen und brachte kaum ein Nicken und ein »Okay« zustande.

Die Tür schloss sich hinter der Frau, und John ging zum Fenster und beobachtete, wie Beth davonfuhr. Dann schritt er zur Eingangstür, verriegelte sie und drehte sich zu Sarah um. Mit ausgestreckter Hand kam er auf sie zu und hielt inne.

Sie sah ihn an und versuchte zu ergründen, was er fühlte. Er griff nicht nach ihr, nicht einmal nach ihrer Hand. Sie verstand. Er wartete darauf, dass sie aktiv wurde, aus eigener Initiative und aus freien Stücken. Alarmglocken läuteten in ihrem Kopf, aber sie streckte ihre Hand aus und legte sie in seine.

****

Das Gefühl echter, tiefer Befriedigung durchströmte John, als Sarahs zitternde Hand nach seiner griff. Sie war so zart, so süß und er wollte sie ganz für sich. Er wusste, dass das egoistisch war, aber es war ihm egal. *Sie besänftigte ihn.* Und er akzeptierte das als Tatsache.

Seitdem sie begonnen hatten, miteinander zu schlafen, waren die in ihm wütenden Feuer beherrschbar geworden und so etwas wie Frieden erfüllte ihn. Ihre bloße Anwesenheit in seinem Zuhause bescherte ihm eine Zufriedenheit, die er nicht in Zweifel ziehen würde. Er wusste nur, dass das Gefühl da war. Er merkte, wie seine Stimmung wechselte und er fast heiter und beschwingt wurde, und das Einzige, was dieses Gefühl jetzt noch übertreffen konnte, war, sie nackt unter sich zu spüren.

Mit diesem Gedanken im Kopf zog er sie vom Sessel hoch und führte sie zu seinem Schlafzimmer. Es war ein Raum, den sie noch nie zuvor betreten hatte, und plötzlich wollte er sie dort mit einer Heftigkeit, die ihn überraschte.

Er machte sich nicht die Mühe, die Tür zu schließen. Sie waren ganz allein und die Eingangstür war abgeschlossen. Er führte Sarah zum Bett, drehte sich zu ihr und begann, ihre Bluse aufzuknöpfen.

»John …«

»Pssst.«

Er sah, wie sie sich auf die Unterlippe biss, und öffnete ihre Bluse. Er schob sie von ihren Schultern, löste ohne Umschweife den Verschluss ihres BHs und ließ ihn auf den Boden fallen. Er wollte sie so schnell wie möglich ausziehen. Sie war wie ein Fieber in seinem Blut, und der einzige Weg, es zu unterdrücken, war, sie nahe bei sich zu haben. Sie zitterte in seinen Armen, und er setzte sich mit weit gespreizten Beinen auf den Rand des Bettes und zog sie zu sich heran. »Sarah.«

Sie legte ihre Hände auf seinen Hinterkopf und fuhr mit ihren Fingern durch sein Haar. »Was?«, fragte sie leise.

»Baby, ich will dich.« Er hob seine Hände, umfasste mit jeder einen kleinen, festen Hügel und fühlte ihr sanftes Gewicht in seinen Handflächen.

»Ich weiß«, flüsterte sie.

»Nein, ich meine, ich will dich wirklich. Was wir heute getan haben, die Tests, die wir gemacht haben, weißt du, was das bedeutet?«

Ihr Blick suchte den seinen, als ob sie darin die Antwort lesen könnte. »Nein.«

»Es bedeutet, dass du mir gehörst. Es bedeutet, dass wir zusammen sind. Keiner kann dich haben, nur ich, und ich will keine andere als dich.«

»Du möchtest, dass ich mich zu dir bekenne.«

»Nein. Ich *sage* dir, dass wir uns jetzt zueinander bekennen. Die Zeit für Streitigkeiten oder Zweifel ist vorbei. Wir können uns nicht jede Woche testen lassen. Du musst mir vertrauen und ich muss dir vertrauen.«

»Okay.«

»So einfach?«

»Ich will nicht sagen, dass es einfach war. Aber ich glaube dir.«

Er strich zärtlich ihr Haar über die Schultern. »Du bist so süß. Mir war anfangs gar nicht bewusst, wie süß du bist. Ich konnte nur an eines denken, und ich schäme mich zu sagen, dass es nicht deine freundliche Art war.« Seine Hände streichelten ihre seidige Haut. Sie wanderten auf ihren Rücken und drückten sie zu ihm heran.

Sie hielt sich an ihm fest, und er spürte ihren Atem sanft durch sein Haar streichen, als sie ihre Wange auf seinen Kopf legte. Er schloss die Augen und ließ, was er für Sarah empfand, jeden Zentimeter seines Körpers erfassen. Sie atmete stoßweise und flüsterte: »Durch dich fühle ich Dinge, die ich nicht fühlen sollte.«

Er packte mit beiden Händen ihren Po. »Wie denn das? Welche Dinge?«

»Dinge. Dinge, die Frauen verstecken und wegen derer Männer das Weite suchen.«

Die Andeutung bereitete ihm Freude. »Alles ist gut, Baby. Ich kann damit umgehen. Verlass dich auf mich, und ich kümmere mich um alles. Ich kümmere mich um dich.«

Die warme Berührung seiner Hände erzeugte in Sarah eine Wärme, die bloßes sexuelles Verlangen überstieg. Der Kuss, den sie teilten, war atemberaubend.

John stand auf, entkleidete sich und nahm Sarah wieder in die Arme. Er zog ihr die Hose herunter, ließ sie zu Boden gleiten, und dann klammerten sie sich aneinander, küssten und streichelten sich und lernten einander auf eine neue, tiefere Art kennen.

Als er sie auf das Bett legte und mit einem schnellen Stoß nahm, schloss Sarah die Augen mit dem Gefühl inniger Wärme und Vertrautheit, das sie verband. So etwas hatte sie noch nie gespürt, noch nicht einmal in ihrer unglückseligen Ehe, und das Wissen, dass John solche starken Empfindungen auslösen konnte, jagte ihr einerseits Angst ein und trug sie andererseits in Höhen glühender Leidenschaft. Sie weigerte sich zuzulassen, dass Angst die Verbundenheit ihrer Körper und Seelen zerstörte, drückte sie beiseite und konzentrierte sich allein auf das Verbindende.

Jeder Stoß brachte eine Woge der Lust, Vorfreude und ein fieberähnliches Gefühl, das sie sich weigerte zu benennen. John umfasste ihr Gesicht und hob ihr Kinn an. »Mach die Augen auf.«

Sarah gehorchte ihm und sah, dass seine Augen genau das ausstrahlten, was sie fühlte. Eine heftige, nicht zu leugnende

Erleichterung durchströmte sie und vermischte sich mit der berauschenden Lust, die durch ihre Lenden pulsierte.

Er tat einen weiteren Stoß, während sich ihre Blicke aneinander festsaugten. »Ich will nicht, dass du gehst. Ich will nicht, dass du zurück nach Dallas gehst«, sagte er mit rauer, sehnsuchtsvoller Stimme.

Ergriffenheit und ein Anflug von Verlockung waren ihre Reaktion auf seine zärtliche Verkündung. Sie versuchte, durch den Dunst der Leidenschaft, der ihren Verstand umnebelte, eine Antwort zu finden, doch er wartete nicht darauf und verschloss ihre Lippen mit einem weiteren Kuss.

Er stieß erneut in sie, und als sich ihre Körper auf der Suche nach endgültiger Erlösung aneinanderpressten, kostete Sarah das pure Gefühl aus, das sein Körper verströmte und das sie mit einer beruhigenden Vorfreude auf das, was der nächste Tag bringen würde, erfüllte.

Neuntes Kapitel

Die heißen Sommertage vergingen für Sarahs Geschmack viel zu schnell. Aufgrund einer stillschweigenden Abmachung sprachen weder sie noch John darüber, dass der Sommer bald endete oder Sarah ihre Abreise plante. Abgesehen von dem einen Mal im Bett erwähnte er nie mehr, dass sie bleiben sollte, und sie hatte viel zu viel Angst, das Thema anzusprechen. Sie versuchte, in den Tag hinein zu leben, tagsüber die Stunden in ihrem Haus zu genießen, bevor John sie jeden Abend abholte.

Seit dem Tag, an dem sie nach San Antonio gefahren waren, um sich testen zu lassen, hatte Sarah jede Nacht bei ihm auf der Ranch verbracht. Er schien nicht zu wollen, dass sie nachts noch fuhr, und ihr war es so oder so egal. Sie genoss es einfach, von ihm chauffiert zu werden.

Die Arbeit für seine Stiftung nahm nicht mehr als ungefähr eine Stunde am Tag in Anspruch, und sie hatte das enorm quälende Gefühl, ihn auszunutzen. Sie musste ihn dringend fragen, wann sie über das Altenheim sprechen konnten, doch sie wollte nicht für Aufruhr sorgen. Er zahlte ihr bereits eine solch irrwitzige Geldsumme, und sie wollte nicht, dass irgendetwas ihre gute Zusammenarbeit beeinträchtigte. Sie stellte fest, dass sie tatsächlich versuchte, sich an die Regeln zu halten, die er schon früh festgelegt hatte. Sie bemühte sich, die beiden Angelegenheiten zu trennen.

Sie hatte über andere Wege nachgedacht, ihre Ziele für Top

Hill zu realisieren, doch wie bereits vorher war nicht viel dabei herausgekommen.

Er war ein paarmal mit ihr in das Diner in der Stadt zum Essen gefahren und hatte langsam begonnen, sie seinen Freunden vorzustellen. Zuerst lernte sie Janie und Brian Canton kennen. Brian war groß und still und das komplette Gegenteil seiner strahlenden, temperamentvollen Frau. Als Janie zum ersten Mal Sarah und John gegenüberstand, spiegelte ihre Miene solch ein Interesse wider, dass Sarah fast lachen musste. Die Frau starrte sie einen Moment lang an und schenkte ihr dann ein strahlendes Lächeln. Und prompt lud sie Sarah und John zu einer Party ein, die sie am nächsten Wochenende veranstalten wollte.

Sarah bedankte sich, und nachdem das andere Paar gegangen war, nahm John ihre Hand. »Janie schmeißt immer Partys. Das gefällt ihr. Wir müssen nicht hingehen.«

»Von mir aus gerne. Das klingt nach Spaß.«

****

Und es klang in der Tat nach Spaß, bis Sarah tatsächlich auf der Party war, ein Glas Wein in der Hand hielt und von Janie und Janies erwachsener Nichte Elaina in Beschlag genommen wurde. Die beiden Frauen hatten John buchstäblich verscheucht, und jetzt fragten sie sie ziemlich direkt aus.

»Du bist nur den Sommer über hier?«, fragte Elaina.

»Ja. Ich unterrichte Mathe in Dallas.« Sarah sah zwischen den beiden Frauen hin und her, die sie ohne jegliche Feindseligkeit, jedoch mit einer Erwartung musterten, die sie kaum verbergen konnten.

»Also, es ist das erste Mal, dass John eine Frau zu einer meiner Partys mitbringt«, sagte Janie mit einem Lächeln.

»Wirklich?« Sarah wusste, dass die andere Frau die Überraschung in ihrer Stimme hören konnte.

»Ja, wirklich. Wo habt ihr euch kennengelernt?«, fragte Elaina.

»Am Mini-Markt in der Stadt. Er hat mir beim Tanken geholfen.«

»Ich hasse es zu tanken«, sagte Janie.

»Seitdem Raul und ich geheiratet haben, muss ich nicht mehr tanken«, meinte Elaina mit einem leicht anzüglichen Grinsen. Sarah kam nicht umhin zurückzulächeln.

Sie nahm einen Schluck Wein und genoss den Schlagabtausch zwischen den beiden Frauen, bevor sie ein bisschen mehr Informationen anbot. »Ich leite jetzt seine Stiftung.«

»Welche Stiftung?«, fragte Elaina.

»Er hat eine philanthropische Stiftung gegründet und ich bin der Manager.«

»Er hat dir die Verantwortung für sein Geld übertragen?«, fragte Janie, während sie sich zu ihrer Nichte drehte und sich die beiden Frauen einen Blick zuwarfen.

»Was ist?« Sarah wollte wissen, was sie dachten.

»Nichts. Es ist nur so, dass John … also er ist … er ist …«

Während Janie ins Stottern geriet, meldete sich Elaina zu Wort. »Frauen kommen nicht nahe an John heran. Er hat keine Rendezvous … also nicht richtig … und Janie und ich sind wahrscheinlich das, was man noch am ehesten als seine weiblichen Freunde bezeichnen kann. Und das nur, weil er unsere Ehemänner schätzt. Wir sind total überrascht, dass er dich tatsächlich mitgebracht hat, dass ihr beiden eine …« Elaina endete abrupt, da sie offenbar nicht aussprechen konnte, was sie dachte.

»Dass wir eine Beziehung haben?«, fragte Sarah.

»Ja«, sagten die beiden Frauen gleichzeitig. Und dann hakte Janie nach. »Habt ihr doch, oder?«

»Ja, ich glaube schon.«

Elaina und Janie lächelten beide bei ihrer Antwort. »Mädchen, du hast fertiggebracht, was zuvor niemandem gelungen ist, deshalb würde ich sagen, ihr habt eine Beziehung. Er hat dich zu einer meiner Partys mitgebracht und er hat dir sein Geld anvertraut. Und guck jetzt bitte nicht rüber, aber der Mann kann die Augen nicht von dir lassen.«

Bei Janies Worten schauten alle drei Frauen hinüber zu John, der mit Elainas Mann sprach, und Sarah sah, dass Janie recht hatte. John beobachtete sie, während er Raul zuhörte und sein Glas schwebend in der Luft hielt, als wäre er von einem Gedanken überwältigt, den er nicht ganz abschütteln konnte.

Ein kleines Lächeln huschte über Sarahs Gesicht und ein Schauer der Vorfreude überlief sie.

John zwang sich, von Sarah wegzusehen, um sich dem Mann zuzuwenden, der einem wahren Freund am nächsten kam. »Was hast du gerade gesagt?«

»Ich sagte, du solltest sie heiraten.«

John war machtlos gegen seine Gedanken. Er wusste, dass seine Gefühle für Sarah stark waren. Er wusste, dass sie das Gleiche fühlte. Aber Heirat? Damit war er schon einmal reingefallen und Sarah offenbar auch. Konnten sie es noch einmal wagen? Sollten sie es noch einmal versuchen oder würde es alles, was sie bereits hatten, völlig zerstören? Sogar während er daran dachte, durchströmten ihn Freude und ein gottverdammtes Gefühl von Zufriedenheit. Und hier war nun ausgerechnet Raul Vega, der ihm sagte, er solle sie heiraten. Wer hätte das je gedacht. »Warum sagst du das?«

Raul musterte John und setzte zu einer Erklärung an. »Weil ich den Ausdruck in deinen Augen bemerkt habe. Ich erkenne die Besessenheit, die durch dein Blut pulsiert. Ich erkenne sie, weil ich sie jeden Tag sehe, wenn ich in den Spiegel schaue.« Raul warf ihm einen Blick zu, der alles sagte. »Dich hat's schlimm erwischt, genau wie mich. Je eher du es akzeptierst, desto eher hat die Qual ein Ende.«

»Die Qual hat ein Ende?« John gestand sich ein, dass es eine Qual war. Der Gedanke daran, sie könne abreisen, war blanker Schmerz, Hunderte von Meilen entfernt zu sein, vielleicht mit jemand anderem, *mit jemand anderem zu schlafen*. Er biss die Zähne zusammen.

»Ja, die Qual hat ein Ende. Sobald sie endgültig unter deinem Dach lebt und du den Besitznachweis beglaubigt vom Bundesstaat Texas zurückbekommst«, sagte Raul mit todernster Stimme.

John fühlte, wie sich sein Mund zu einem halben Grinsen verzog. »Besitznachweis? Ich könnte dich damit erpressen, Kumpel.«

»Nee. Elaina weiß, wem sie gehört. Zweifle das bloß nicht an.«

»Stimmt. Ich bin mir ziemlich sicher, dass ich weiß, wer wen besitzt«, sagte John.

Raul schmunzelte und nahm einen Schluck Bier. »Ernsthaft jetzt. Du hast gesagt, dass du immer kurz davor bist, die Fassung zu verlieren, wenn sie davon redet, nach Dallas zurückzugehen. Du hast sie doch praktisch schon in dein Haus geholt.«

»Ja.«

»Macht es dich schier wahnsinnig, daran zu denken, ohne sie schlafen zu müssen?«, fragte Raul.

»Ja.«

»Wirst du stinksauer, wenn du sie dir mit jemand anderem vorstellst?«

»Und wie.«

»So verdammt sauer, dass du merkst, wie dein Blut überzukochen beginnt, weil du dem Typen keine verpassen kannst?«

»Ja.«

»Und hast du das verzehrende Bedürfnis, sie zu beschützen? Dafür zu sorgen, dass nichts und niemand sie verletzen kann?«

»Ja.«

»Und hast du das Gefühl, dass sie zu dir gehört und du alles nur Menschenmögliche unternehmen würdest, damit das so bleibt?«

»Ja.«

»Gut. Was tust du also? Damit sie bei dir bleibt? Du musst sie in Ketten legen.« Raul fixierte John mit starrem Blick. »Du musst sie heiraten.«

John sah, wie sein Freund einen weiteren Schluck Bier nahm und zu den drei Frauen hinüberblickte, wo sein Hauptaugenmerk auf Elaina lag.

Bei Raul hörte sich das so einfach an. Aber John war nicht so sicher. »Glaubst du, dass sie mich heiraten würde?«

Raul musterte ihn, halb grinsend, halb abschätzig. »Keine Ahnung. Mit deiner hässlichen Visage? Ich bezweifle es.«

»Arschloch.«

»Höchstpersönlich.« Raul stimmte zu, ohne den Blick von seiner Frau abzuwenden.

****

Eine weitere Woche verging und Sarah zählte die ihr noch verbleibende Zeit nicht mehr in Wochen, sondern in Tagen. Der Juli neigte sich dem Ende zu und der August näherte sich mit schnellen Schritten. Je näher er rückte, desto jämmerlicher fühlte sie sich.

Ihr Verstand ließ wenig Zweifel daran, dass sie sich in John verliebt hatte. Und zwar auf eine Art und Weise, wie sie es vorher noch nie erlebt hatte. Abgesehen von dem einen Mal, als sie miteinander geschlafen hatten und er ihr gesagt hatte, dass er nicht wolle, dass sie ging, war nicht mehr über ihr Bleiben gesprochen worden.

Immer wieder kam ihr das Gespräch mit Jaime in den Sinn, die erzählt hatte, sie hätte gehört, dass John nie wieder heiraten wollte. Und für weniger als Liebe und Verbindlichkeit konnte Sarah ihren Job in Dallas nicht aufgeben.

Sie brauchte finanzielle Sicherheit, und ihre Stelle in Dallas gab ihr diese. Klar hatte sie den Job bei John, aber das war nicht dasselbe. Sie war dadurch nicht versichert und erhielt auch keine anderen Leistungen, außer denen, die sie bekam, wenn sie in seinem Bett schlief. Und sie konnte sich nicht darauf verlassen, dass das ewig so weiterging. Sollte die Beziehung in die Brüche gehen, würde sie den Job wahrscheinlich aufgeben. Sie konnte sich nicht vorstellen, in solch einem Fall noch weiter für ihn zu arbeiten.

In ihrem Magen befand sich ein beständiger Knoten, denn je näher das Ende des Sommers rückte, desto beunruhigter war sie. Sie war schon mehrere Male kurz davor gewesen, ihm ihre Liebe zu gestehen, doch irgendetwas hatte sie immer zurückgehalten. Vielleicht war es die überholte Vorstellung, dass eine Frau einem Mann nicht hinterherrennen sollte. Mag sein, dass das dumm oder falsch war, aber sie konnte nichts dagegen tun und sagte nichts. Sie wollte ihn nicht lieben, wenn er sie nicht liebte, aber war es nicht immer so? Einer musste der Erste sein, der es in aller Deutlichkeit aussprach.

Sie wusste, dass er ihr zugetan war. Sie würde sogar so weit gehen und behaupten, dass er ihr sehr zugetan war. Er hatte immer so einen gewissen Ausdruck in den Augen, er berührte sie auf eine bestimmte Art, er wirkte so zufrieden, wenn sie nachts in seinen Armen lag.

Aber war das Liebe?

Die anfängliche Begierde hatte sich eindeutig zu mehr gewandelt.

Zumindest bei ihr.

Und sie wollte nicht zurück nach Dallas.

So sehr, dass sich schon beim Gedanken daran ihr Herz zusammenzog.

Während ihr Verstand noch in Aufruhr war, klingelte ihr Handy auf dem Beistelltisch. Sie nahm das Gespräch an und runzelte die Stirn. Warum rief sie Randall jetzt an?

****

John war gerade fertig mit dem Abladen der Färsen, die er von der Auktion in Del Rio mitgebracht hatte. Die Fahrt hatte sich extrem lang hingezogen und er war verdammt müde. Und außerdem schmutzig und verschwitzt. Die Viehwirtschaft, die nach dem Verkauf seiner Firma als Hobby begonnen hatte, weitete sich rasant aus. Er hätte sie eigentlich zurückschrauben müssen, den Betrieb nicht noch vergrößern sollen, doch das Problem war, dass er Arbeit brauchte. Er lechzte nach Beschäftigung und verabscheute es, Dinge nur halbherzig zu machen.

Er dachte an sein Mädchen. Er wollte duschen und dann Sarah, in dieser Reihenfolge.

Eigentlich nicht in dieser Reihenfolge, aber er zwang sich zu duschen, bevor er sich mit ihr vergnügte. Er hatte nicht damit gerechnet, die Nacht in Del Rio zu verbringen, sonst hätte er sich mehr bemüht, sie zu überzeugen, ihn zu begleiten. Doch sie schien zu zögern, fast als würde sie etwas bedrücken, und er wollte sie nicht drängen.

Deshalb war er allein gefahren und saß eine Nacht lang dort fest, bevor er sämtliche Papier beisammenhatte.

Er schlug die Hintertür zu und ging in die Küche, wo Beth gerade einen Kuchen aus dem Backofen nahm. »Wo ist Sarah?«

»Und wie zum Teufel geht's Ihnen, John?«

»Mir geht's gut.« Er holte tief Luft und versuchte, die Ungeduld aus seiner Stimme zu verbannen. »Schön, wieder zurück zu sein, Beth. Wo ist Sarah?«

»Sie ist gefahren.«

»Wann?«

»Vor ungefähr drei Stunden.«

»Ich springe schnell unter die Dusche und hole sie dann ab. Was gibt es zum Abendessen?«

John verstummte, als Beth sich zu ihm umdrehte. Ihr Gesichtsausdruck versetzte ihn in Panik. »Sie ist nicht nach Hause gefahren, John. Sie ist nach einem Telefonat in aller Eile nach Dallas aufgebrochen. Ich dachte, Sie wüssten das.«

John spürte, wie sich seine Härchen im Nacken aufstellten, als er seinen Mund zu einer zynischen Linie zusammenpresste. Ein Anflug von Leere überkam ihn. »Nein. Welches Telefonat? Wissen Sie, wer angerufen hat?«

»Irgendein Randall. So viel habe ich gehört. Aber mehr weiß ich nicht. Sie hat mir gesagt, dass sie nach Dallas fährt, und das war's.«

John biss die Zähne zusammen, während sich ein heftiger, unmittelbarer Schmerz von seiner Brust aus im ganzen Körper ausbreitete. »Ich nehme an, das war's dann wohl.«

»Was bedeutet das?«

»Ich nehme an, ich bin abgeschrieben und Randall ist angesagt.«

»Völliger Blödsinn. Erzählen Sie mir doch nichts. Diese Frau liebt Sie. Jeder kann das klar und deutlich sehen.«

»Sie liebt mich nicht. Wenn sie es täte, wäre sie nicht einfach so zu ihm gelaufen. Außerdem hat sie mir nie gesagt, dass sie mich liebt.« John wusste nicht, warum zum Teufel er das alles seiner Haushälterin erzählte. Sarah hatte ihn völlig verkorkst. Sie war schuld, dass er nach menschlichen Gefühlen lechzte, die er vorher nie gebraucht hatte. Und jetzt offenbarte er sich seiner verdammten Haushälterin. Mist. Er war völlig im Arsch.

Beth sah ihn an, als hätte er den Verstand verloren. Sie stemmte ihre Hände in die Hüften und fragte: »Und wie oft haben Sie ihr gesagt, dass Sie sie lieben?«

»Gar nicht«, antwortete John so knapp wie möglich und versuchte, sich wieder unter Kontrolle zu bekommen.

Beth verdrehte die Augen gen Himmel. »Ich frage mich, warum ich das gewusst habe?« Sie starrte ihn zornig an, und als er nichts sagte, fuhr sie fort. »Aber Sie *lieben* sie doch, oder?«

Seine Augen verengten sich zu Schlitzen, während er seine Haushälterin anstarrte. »Das geht Sie wirklich nichts an, Beth.«

Im Nu holte sie aus und schlug ihn mit dem Holzlöffel, den sie in der Hand hielt. John erstarrte vor Schreck. »Gut. Sie brauchen mir nicht zu antworten. Aber antworten Sie Ihrem verdammten sturen Ich. Lieben Sie sie, John? Wenn Sie das tun, dann müssen Sie sie anrufen. Jetzt. Finden Sie heraus, warum sie weggefahren ist. Wenn Sie ein bisschen Grips im Kopf hät ten, dann käme Ihnen vielleicht der Gedanke, dass sie Hilfe braucht. Vielleicht ist etwas Schlimmes passiert.«

Die Worte seiner Haushälterin rüttelten ihn wach. Verdammt noch mal. Was wäre schlimmer? Dass sie ihn für einen anderen Mann verlassen hatte oder dass etwas Schlimmes sie so sehr aus der Fassung gebracht hatte, dass sie nach Dallas zurückgefahren war? Etwas, das sie vielleicht in Gefahr gebracht haben könnte?

Er verschwendete keine Zeit mehr und zog sein Handy aus der Tasche. Als er Türen schlagend vor das Haus stürmte, rief er seiner Haushälterin zu: »Eines Tages schmeiße ich Sie raus!«

»Na und? Ich kündige sowieso eines Tages.« Er hörte die Worte, als er über die Veranda lief. Einige Dinge in seinem Leben änderten sich wenigstens nie.

Er ging hinüber zu einem Schatten spendenden Baum und drückte die einstellige Zahl, unter der Sarahs Nummer gespeichert war. Der Anruf ging direkt auf ihre Mailbox, und angespannt hörte er, wie ihre heitere Stimme ihn aufforderte, eine Nachricht zu hinterlassen. »Ruf mich an, *verdammt!*« Er presste die Worte ungeduldig aus seiner Kehle.

Schnellen Schrittes ging er auf die Scheune zu, überlegte es sich jedoch anders. Er hatte keine verdammte Ahnung, wie lang es dauern würde, bis sie ihn zurückrief, *wenn* sie ihn überhaupt zurückrief. Er würde auf keinen Fall den ganzen Tag auf seinem Arsch sitzen und nichts in dieser verdammten Sache unternehmen. Keine Sekunde würde er mehr verschwenden und hier herumhängen, während sie sich immer weiter von ihm entfernte.

Er drehte sich um und ging zurück zum Haus. Erneut drückte er während des Gehens eine Taste auf seinem Handy. Als der junge Mann, der stundenweise für ihn arbeitete, das Gespräch entgegennahm, machte es John kurz. »Ich brauche dich jetzt sofort. Du kommst her und kümmerst dich eine Woche oder so um mein Vieh, und ich übernehme das erste Semester auf dem College, für das du so sehr sparst.« Als er eine positive Antwort bekam, steckte John das Handy in die Tasche und ging in die Küche, wo er Beth gegenübertrat.

»Ich fahre in zehn Minuten. Können Sie mir ein paar Sandwiches und Wasserflaschen zusammenpacken?«

Ein breites Lächeln erschien auf ihrem Gesicht. »Alles klar.«

»Danke.«

Zehntes Kapitel

Sarah hielt an einer Tankstelle und füllte den Tank. Die Sorgen ließen ihr keine Ruhe mehr. Zusätzlich zu der Geschichte mit ihrer Wohnung hatte sie jetzt auch noch John am Hals. *Einen wütenden John.* Sein Tonfall auf der Mailbox war ihr ans Herz gegangen. Sie hatte sich schon so lange selbst um ihre Probleme gekümmert, dass es ihr nicht in den Sinn gekommen war, auf ihn zu warten.

Außerdem waren sie gar kein richtiges Paar. Es war eigentlich nur ein Sommer-Techtelmechtel, mehr nicht. So sehr sie auch wollte, dass es mehr war, die Vorstellung, er würde sich ihr gegenüber wirklich festlegen, schien nicht wahrscheinlich, und sie musste das in den Griff bekommen und sich klarmachen, dass das Ende des Sommers praktisch da war und sie den Tatsachen ins Auge blicken musste. Ihr Leben spielte sich in Dallas ab. Sie musste nach Hause fahren und sich dort um ihre Verpflichtungen kümmern.

Aber sie musste zuerst John zurückrufen, während sie diesen schnellen Boxenstopp einlegte. Es klingelte nur einmal, bevor er das Gespräch entgegennahm, und seine Stimme erfreute sie nicht. »Wo zum Teufel bist du?«

»Auf dem Weg nach Dallas.«

»Ich weiß, Sarah. Wo genau bist du jetzt im Moment?«

»Ich bin in Austin. An einer Raststätte auf der I-35«, sagte sie.

»Warum um alles in der Welt bist du weggefahren?«

»In meine Wohnung ist eingebrochen worden.«

Es herrschte Funkstille, während er das in sich aufnahm. »Bleib, wo du bist. Ich bin ungefähr zwei Stunden von dir entfernt.«

»Was? Nein! Ich muss da jetzt hin.«

»Sarah. Verlass Austin nicht«, ordnete er an.

»John …«

»Wer hat dich wegen des Einbruchs angerufen?«

Sarah holte tief Luft. Sie mochte die Richtung nicht, in die dieses Gespräch ging.

»Randall.«

»Bleib verdammt noch mal, wo du bist!«

»Ich kann hier nicht zwei Stunden lang bleiben!«

»Sieh dich um und sag mir, wie viele Hotels du siehst.«

Es war Sarah nicht klar, was das sollte. Sie sah sich um. »Da ist ein Double-Tree-Hotel, genau vor mir.«

»Okay, das ist gut. Fahr hinüber und checke ein. Ich bin so schnell wie möglich da.«

»Ich checke da nicht ein! Das ist lächerlich. Ich muss nach Dallas fahren.«

»Du fährst nicht ohne mich weiter. Wenn du nicht einchecken willst, dann warte auf mich im Hotelrestaurant.«

Sie stieß die Luft aus ihren Lungen. »John …«

»Hör auf, mit mir zu streiten. Du gehst nicht allein in ein Haus, in das eingebrochen worden ist. Und du wirst dich nicht mit diesem Trottel treffen. *So geht das nicht, Baby.* Warum hat er dich überhaupt angerufen? Du hast gesagt, du lebst allein. Verdammt, Sarah!« Seine Stimme attackierte sie scharf durch das Telefon.

»Ich lebe allein. Die Sicherheitsfirma hat seinen Namen auf der Liste, falls der Alarm losgeht. Sie haben mich nicht erreicht und er ist der Nächste auf der Liste.«

»Warum hast du ihn nicht schon längst streichen lassen?«

»Ich habe nicht daran gedacht. Ich war zu beschäftigt in diesem Sommer … mit dir, John.« Sie konnte den Sarkasmus kaum zurückhalten.

»Ja, gut, ich mag das trotzdem nicht, und du rührst dich nicht vom Fleck, bis ich da bin. Ich will nicht, dass du in der Hitze an einer Tankstelle sitzt. Also beweg deinen kleinen Hintern zu dem Hotel.«

»John …«

»Lass es mich so erklären, Baby. Wenn ich zum Double Tree komme und du bist nicht da, dann wirst du das noch bereuen.«

»Oh mein Gott! Ist das eine Drohung?«

»Was meinst du?«

»Ich meine, dass es eine verdammte Drohung ist!«

»Willst du wirklich wissen, was dabei herauskommt, wenn du nicht tust, was ich sage? Glaube mir, Baby, ich *werde* dich finden.«

Ein Schauer sexueller Erregtheit lief ihr über den Rücken. »Gut. Aber ich bleibe nicht so lang im Restaurant. Ich nehme ein Zimmer, aber du zahlst mir das zurück.«

»Wenn du eingecheckt hast, simse mir die Zimmernummer.«

»Gut.«

»Und hab den Slip aus, wenn ich komme.«

Seine letzte geknurrte Anweisung löste eine derartig freudige Erregung in ihr aus, dass sie das Telefonat einfach beendete.

****

Nach den längsten zwei Stunden seines Lebens fuhr John mit dem Fahrstuhl nach oben. Die kleine Hexe hatte ihm die Zimmernummer nicht sofort gesimst. Oh nein, sie hatte ihn am gottverdammten Haken zappeln lassen, bis er zum Stadtrand von Austin gelangt war, und jetzt konnte er die Triebe, die sein Blut in Wallung brachten, nicht mehr zurückhalten.

Er ging zur Tür und hämmerte dagegen.

Als sie öffnete, wäre er bei ihrem Anblick vor totaler Erleichterung fast ohnmächtig geworden. Bis er sie mit eigenen Augen gesehen hatte, war er sich nicht hundertprozentig sicher gewesen, ob sie tatsächlich da sein würde.

Er trat ein, schloss die Tür ab, drehte sich um und legte die Hände auf ihre Hüften.

»Slip aus?«, fragte er.

Er schob sie absichtlich weiter in den Raum hinein. Die Gefühle, die sich seiner bemächtigt hatten, hatte er nicht mehr unter Kontrolle, und er war definitiv nicht mehr davon abzuhalten, danach zu handeln. Er wollte sie nackt sehen und würde nicht eher ruhen, bis er sie so weit hatte. Seine Hände spürten, wie ihr Körper zitterte, und er musste zugeben, dass ihn das mit Befriedigung erfüllte.

Er zog das T-Shirt über ihren Kopf. »Ich habe dich etwas gefragt.«

»Nein.«

»Was nein?«

»Nein … ich habe meinen Slip noch an.«

»Da hast du aber nicht gut aufgepasst, Sarah.«

Er öffnete ihren BH und stieß einen kräftigen innerlichen Seufzer der Erleichterung aus, als ihre weichen, weißen Brüste sichtbar wurden.

Sarah schüttelte den Kopf und befeuchtete ihre Lippen, während ihre Hände auf seinem Bizeps landeten. Oh ja, er wollte diese Lippen. Er brauchte sie jetzt, um seinen Schwanz, saugend und leckend und … verdammt, sie machte ihn total verrückt.

Er verlor gleich den Verstand.

Sie konnte nicht zurück nach Dallas fahren.

Das konnte sie nicht.

Er würde sie nicht gehen lassen.

Er knöpfte ihre Shorts auf und zog den Reißverschluss herunter. Seine Hände glitten in den nun losen Stoff, bis er in jeder Hand eine angenehm feste Gesäßbacke hielt. Er fühlte, wie sein Schwanz steif wurde, gegen seine Jeans drückte und nur noch in ihr sein wollte.

»Du wirst nicht wieder vor mir wegrennen.«

»Ich bin nicht vor dir weggerannt. Ich musste für ein Weilchen weg, das ist alles.«

»Das ist nicht erlaubt. Du gehst nirgendwohin, ohne es mir vorher zu sagen, außer zum gottverdammten Lebensmittelladen, verstanden?«

»J-John …«

Er ignorierte sie und zog ihre Shorts und ihren Slip über ihre Beine nach unten. »Tritt raus.«

Sie tat, was er verlangte, und er konnte nicht anders, als eine Hand in ihren Haaren zur Faust zu ballen und die andere in der Glut zwischen ihren Beinen zu versenken. Sein Finger glitt in sie hinein.

Sarah bebte in seinen Armen und ihre feuchte Erregtheit rutschte herrlich über seinen Finger und berührte seine Handfläche wie flüssiger Zucker. *Verdammt, gleich würde er in seiner Hose kommen.*

»J-John, stopp … stopp …«

»Niemals.« Was zum Teufel meinte sie mit »Stopp«? Er würde nicht aufhören. Er würde nie wieder aufhören.

Sie begann heftig zu keuchen, und er merkte, wie ihn das anstachelte. Sie war völlig feucht und glitschig, und er bewegte seinen Finger in ihr, damit sie kam. Er wollte, dass sie kam.

Doch sie versuchte immer noch, verbal gegen ihn anzukämpfen. »Ich werde nach Dallas fahren müssen. Ich arbeite da.«

»Nein.« *Komplett inakzeptabel. Er würde sie nicht zurückfahren lassen. Auf keinen Fall.*

»John, ich brauche meinen Job.«

Ihre Argumente gingen ihm langsam auf die Nerven. Er wollte nicht mehr darüber diskutieren. »Nein, brauchst du nicht.«

»Ich habe da eine Wohnung«, sagte sie.

»Die brauchst du nicht mehr. Ich möchte, dass du sie verkaufst.«

»Aber mein Job …«

»Du brauchst den verdammten Job nicht. Du brauchst kein Geld. Ich übernehme das. Ich übernehme alles.«

»Nein, das wäre falsch.«

»Warum wäre das falsch?« Verdammt, er würde gleich den Verstand verlieren, wenn sie weiter darüber stritten. Er musste in ihren Körper eindringen, und alles, was ihr einfiel, war zu drohen, sie würde ins gottverdammte Dallas zurückkehren. Zur Hölle damit! Er ließ sie nur so lange los, wie er brauchte, um seine Jeans und Unterwäsche auszuziehen, und schob sie dann gegen die nächste Wand.

Er drückte ihren Rücken dagegen und Worte purzelten aus ihrem Mund, als er ihr glattes Bein um seine Taille legte. »Es wäre falsch, weil … weil …« Er drang in sie ein. *Mein Gott, es fühlte sich so gut an. Sie fühlte sich so gut an.* »J-John, ich kann nicht mehr k-klar denken …«

»Denk nicht, Baby. Fühle.« Er tat einen weiteren Stoß und schloss die Augen, als heftiges, heißes Entzücken durch ihn hindurchraste.

»Das hier h-hilft nichts. Ich muss zurück … Ich kann nicht bei dir bleiben.«

Er öffnete die Augen und hob ihr Kinn an, versuchte sich auf sie zu konzentrieren. »Warum nicht? Willst du nicht bei mir bleiben?« Er hielt die Luft an und fragte: »Liebst du mich nicht?«

Er tat einen weiteren Stoß und spürte, wie Sarah scharf die Luft einsog. Tat sie das, weil er in sie hineinstieß oder wegen dem, was er gesagt hatte? Ein erneuter Stoß und er wartete mit auf sie geheftetem Blick.

»Ich liebe dich«, flüsterte sie. Erleichterung, Erfüllung und alles verzehrendes Verlangen veranlassten ihn zum nächsten Stoß und gleichzeitig küsste er sie.

Er hob den Kopf und sah, wie sie langsam die Lider öffnete. »Ich liebe dich auch. Weißt du das?«, fragte er sie.

»Nein.«

»Doch.« Ein weiterer Stoß und er stand kurz vor dem Höhepunkt. Er schob seine Hand zwischen ihre Körper und öffnete die weiche kleine Falte, bis er gegen ihre Klitoris drückte.

»John …« Ihre Stimme war ein heftiges Wimmern, als sie sich fest um ihn zusammenzog.

»Komm, Baby. Komm für mich und sag mir, dass du mich heiraten wirst. Bitte.« Er hatte sich nicht mehr im Griff und stieß in sie.

Der Orgasmus überrollte sie und ihr Schrei zerschnitt die Luft. »*Jaaaaa.*«

Mit ihrer in seinen Ohren wie süßes Nirwana klingenden Einwilligung stieß er heftig in sie und folgte ihr in einen unvergesslichen Orgasmus.

Epilog

Drei Jahre später …

»Der Test ist positiv«, sagte Sarah mit einer Stimme voller Freude und Verblüffung, als sie in die Scheune kam.

John legte den Schraubenschlüssel beiseite, nahm einen Lappen und wischte sich die Hände ab. Sein Mund verzog sich zu einem Lächeln, als er auf sie zuging. »Ich wundere mich, dass du mir misstraut hast, Baby.«

Sie nahm eine Hand von dem Bündel in ihrem Arm und schlug ihm auf die Schulter. »Schatz, ich habe nicht *dir* misstraut.«

Das Baby in ihren Armen klatschte vor Entzücken in die Hände und begann laut zu brabbeln. John strich mit der Hand über das weiche, seidige Haar seiner Tochter, streckte die Arme aus und fing sie gerade noch auf, als sie sich ihm entgegenstreckte.

»Dann wissen wir jetzt, dass wir wahrscheinlich so viele haben können, wie wir wollen«, stieß er mit kaum verhohlenem Stolz hervor.

»Also, ich denke, wir sollten das nicht als selbstverständlich betrachten, aber ja, ich hoffe es.«

»Wie viele wollen wir?«, fragte er, während er das Baby an sich drückte und den anderen Arm um Sarah schlang.

»Ich weiß nicht. Drei oder vier vielleicht?«

»Und die große Frage … auf welche Schule schicken wir sie?«

Sarah legte ihre Hand auf die Wange ihres Mannes. Er hatte Top Hill die Gelder gegeben, die sie für die Seniorensiedlung brauchten. Es war sein Hochzeitsgeschenk für sie gewesen. Dadurch würde die Schule noch für lange Zeit geöffnet bleiben. Die kleine Stadt blühte auf, sogar jetzt noch, drei Jahre später, mit einem Diner und einem Futtermittelladen, die eröffnet hatten. Die Gemeinde wuchs, die Bevölkerungszahl stieg.

Sie lebten jedoch auf Johns Ranch und Duluth war mit Abstand der nächste Ort. »Ich nehme an, nach Duluth. Der Bus fährt direkt am Briefkasten vorbei.«

»Ich denke, das wäre das Beste, wenn du nichts dagegen hast.«

»Ich habe überhaupt nichts dagegen. Das sind beides gute Schulen.«

Johns Tochter steckte den Daumen in den Mund und legte ihren Kopf an seine Schulter. Sie schaute zwischen ihrer Mutter und ihrem Vater hin und her.

Er küsste das Baby auf die Stirn und dann Sarah. Seine Hand schlängelte sich unter ihr T-Shirt, bis er ihren Bauch unter seiner Handfläche spürte. »Ich liebe dich.«

»Ich liebe dich auch«, lächelte sie.

Das Baby machte sich grunzend bemerkbar. John lächelte seine Tochter an. »Dich lieben wir auch, mein Engel.«

Sie nahm ihren Daumen aus dem Mund und strahlte ihn an.

Er war erfüllt von Liebe und Zufriedenheit. Ja, sein Leben war komplett.

ENDE

3577165R00112

Printed in Germany
by Amazon Distribution
GmbH, Leipzig